喚醒你的英文語感！

Get a Feel for English !

喚醒你的英文語感！

Get a Feel for English !

TOP
企業要的
跟讀‧跟說
口語力

作者◎郭岱宗

編輯序

☆ 全球化時代來臨——強化英語力前進外商

　　根據人力銀行指出，將近九成七的大學畢業生與職場人士，想進入外商公司上班，理由不外乎是外商公司給人「高薪資、高福利、高視野」的印象。想當然爾，要擁有如此理想的工作環境，若沒有堅強的實力做後盾，恐怕並非輕而易舉之事。就一般狀況來說，優秀的英語力是必備條件，而其中首重聽・說能力。試想，如果連外籍主管的指示都聽不懂，面對海外客戶、廠商，無法以流暢的英語介紹公司產品或服務內容，即使通過了面試關卡如願進入外商，又如何能勝任工作、生存下去？

☆ 即見即聽即表述——跟讀・跟說鍛鍊口語力

　　普遍而言，台灣英語學習者的讀・寫能力優於聽・說能力。許多人閱讀英文文章不是問題，但是一遇到必須開口說英文的時刻卻支支吾吾，明明用寫的、用看的都很簡單，化作言語表達出來竟是那麼難？其實針對此情況，"Shadowing" 這種英語學習法可收大幅改善之成效。

　　在本書當中，口譯專家郭岱宗老師將 "Shadowing" 細分為「跟讀」及「跟說」，再融入難度較高的「同步口譯」訓練，親自帶領各位讀者一字一句破除不敢開口、聽不懂老外說的英文、發音不正確等學習瓶頸。在文本方面，從一開始的中英對照、僅看中文句子，進階到只看中文段落說出英文，難度循序漸進，只要確實練習，就能看到進步！

　　在下一頁的「作者序」裡，作者聚焦於 "Shadowing" 做了進一步的詳細說明。

作者序

☆ Shadowing ──極有效的整合式英語學習法

　　"Shadowing" 這個字有兩方面的意義：由老師密切地觀察學生，並糾正他們；或由學生密切地模仿老師。本書則適用後者，旨在訓練讀者快速地將英文學好，並且有能力做即時的口譯工作。"Shadow me." 比傳統的英語學習方法 "Repeat after me." 多了好幾項優點：

❶ 學習精緻：

　　"Repeat after me." 是聽完一句跟著說一句。這就像我們請一位室內設計師去看一眼裝潢極美的房子，然後期望他回來能為你做一模一樣的裝潢。"Shadow me." 則是請設計師帶著工具（紙、筆、攝影機或照相機），從玄關的形狀、顏色、一直到廁所的淋浴間……，全都逐一記錄下來，毫無遺漏，然後回來設計。當然，前者設計的相似性必然不如後者。

❷ 速度急升：

　　"Repeat after me." 的時候，學生可以拖拖拉拉；但是 "Shadow me." 的時候，學生則完全被速度綁架，因為你第一個字拖拉的話，老師的第二個字又跑出來了；就像排隊一樣，就算你懶得往前走，後面的人也會推著你走──讓你不得不跟著節奏，盡力開口把話說完！

❸ 事半功倍：

　　學習與教學上課都採用 "Shadow me." 取代 "Repeat after me."，一字一字地緊貼著老師說話，不專心也難，不但學習效果好，老師帶起來也比較輕鬆。

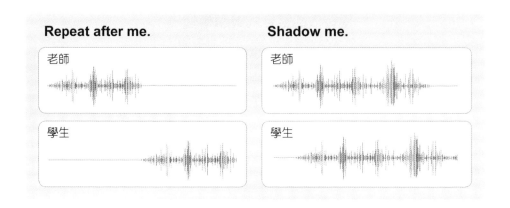

Repeat after me.

老師

學生

Shadow me.

老師

學生

☆ Shadowing ──從跟讀、跟說到同步口譯

　　我寫這本書的期望在於「押」著讀者跟著我說英文和練習口譯，各位不要等我整句說完才跟著說，而是聽到我說第一個字的時候，就立刻跟上。這樣「半帶領」、「半強迫」的教學，可以幫助大家在最短的時間之內，說出極好的英文。

　　使用本書時有兩個重點：第一，眼睛一定要盯著中文，然後一字一字地緊緊貼著我的英文（就像在我的影子裡面一樣），同時模仿我的發音、語調。第二，除非不知道我的英文在談些什麼，否則，從頭到尾絕對不要看英文。

　　生活中、職場上、面試、簡報……所有的英語表述其實都是在做口譯。本書所提供的學習方法和一般認知的「Repeat after me 式」跟讀略有不同，我期許讀者最終能練就「看著中文說出英文」的本領。當到達這個境界時，實際上各位已經在進行口譯了！我們不一定要做職業口譯員，但是至少要能夠「做自己的口譯員」，使英語溝通成為我們工作或生活上超越他人的強項！

　　敬祝各位「教」「學」成功、愉快！

郭岱宗

CONTENTS

PART 2【跟說 + 同步口譯】

1. 關於架構

本書分為兩大部分:「跟讀 + 慢慢口譯」和「跟說 + 同步口譯」。在前半段的跟讀訓練,讀者可一邊看著書上的內容,一邊跟著 CD 朗讀;到了後半段的跟說訓練,我們不會先提供文本,讀者必須仔細聆聽 CD,並將聽到的內容跟著說出聲來。如此的練習起初或許會感覺有些吃力,但是請務必盡力完成,真的不了解意思時方可翻到後頁確認中文翻譯。

此外,在兩階段的練習裡皆包含「同步口譯」(中英互譯)訓練,有心精進自身口語能力及培養專業口譯能力的讀者,請務必確實依照指示方法練習。若速度跟不上或自覺做得不夠好,請隨時停下來重練或增加練習的次數,唸對了、唸順了才進入下一題。日積月累,很快就能看出成效!

2. 關於 CD

本書每一個跟讀句皆由郭老師親聲錄製,帶領讀者各讀兩到三遍。其中有幾課特別收錄郭老師與學生的互動教學實況,除了幫助讀者熟悉本書練習方式之外,讀者更可由此確認自己易犯的失誤,並透過郭老師的指導立即修正。跟讀時,請不要等郭老師說完才 repeat,而是從第一個字起就逐字緊貼,剛開始時可能會不習慣,但是跟了幾課之後就能順利上口了。

3. 關於字彙

學習英語,無論在聽、說、讀、寫任一方面,兼具廣度及深度的字彙力可謂基礎中的基礎,對於同步口譯人員更是必須持續充實的一項能力,因此本書在每一課的最後皆特別規劃了「連漪擴充字彙庫」單元,每回精選二、三十個各種領域的常用單字,共約一千字,以供搭配前文或單獨記憶。關於擴充字彙庫的概念與方法,詳見下一頁郭老師所創的「連漪理論」。

漣漪理論

口譯有多種形式，其中最具挑戰性的當屬「同步口譯」。要當一名出色的同步口譯人才，必須熟諳兩種以上的語言和文化，以及流暢、準確、優美和自在的語態，其中蘊含四大重點：字彙量、文法、速度和發音腔調[註]。而背單字的技巧應講究層次，就像漣漪一樣由內往外，一層一層、愈來愈廣，卻不斷線，如此記憶即可概括豐沛而實用的字彙。

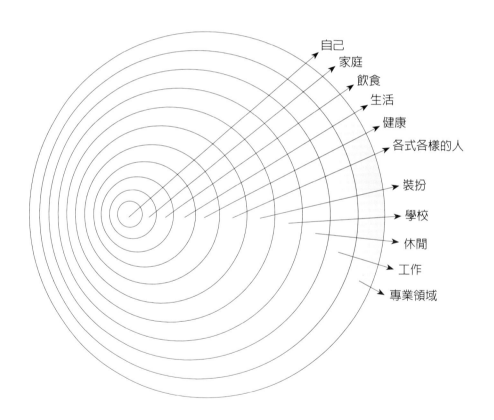

自己
家庭
飲食
生活
健康
各式各樣的人
裝扮
學校
休閒
工作
專業領域

[註] 關於文法，可參考《口譯大師的 One-to-One 文法跟讀課》；關於速度，可透過《口譯大師的 One-to-One 跟讀課》與《口譯大師的 One-to-One 數字跟讀課》加強；關於發音腔調，可利用《口譯大師的 One-to-One 正音課》改善。（以上作者皆為郭岱宗老師，由貝塔語言出版。）

Part 1

跟讀 ✚ 慢慢口譯

Basic

01 | 基本功（一）
Fundamental Work 1

　　中英文的確大不相同，因此，許多人認爲英文難學。其實，只要抓住訣竅，我們很快就可以穿梭在中英文之間，輕鬆地說出正確的英文。爲了達到這個目標，我們首先要能一眼就看透句子的結構；要掌握句子的用法，最先要做的，就是找出句子的主角，也就是「名詞家族」，而它們又因爲是句子的主詞或受詞，所以最爲重要。接下來我們就從這最簡單、也最常錯的單位：「一句話的主角」開始練習。

 **Shadowing 片語跟讀** ▶ **Track 002**

請聆聽 CD。聽完題目之後，請先想一想，哪個字是主角，所以放在最前面？（英文翻譯在本課後，但是請先不要看英文，只看著中文進行練習。）

1. 我手上的葡萄乾

學生說 → 郭老師指正 → 讀者 shadow me ① ⇨ shadow me ②

2. 天上的彩虹

學生說 → 郭老師指正 → 讀者 shadow me ① ⇨ shadow me ②

3. 眼中的迷惘

學生說 → 郭老師指正 → 讀者 shadow me ① ⇨ shadow me ②

Notes

迷惘 **confusion** [kən`fjuʒən] *n.*　　迷惑的 **confused** [kən`fjuzd] *adj.*

4. 節儉的重要性

節儉的 **frugal** [`frugl] *adj.*　　節儉 **frugality** [fru`gælətı] *n.*

5. 牆壁的厚度

厚的 **thick** [θɪk] *adj.*　　厚度 **thickness** [`θɪknɪs] *n.*

6. 抽屜裡的訂書機

抽屜 **drawer** [`drɔ⋅] *n.*　　訂書機 **stapler** [`steplⱥ] *n.*

7. 瓶中的礦泉水

礦泉水 <u>**mineral**</u> **water** [`mɪnərəl]

8. 中國人的驕傲

驕傲 **pride** [praɪd] *n.*　　驕傲的 **proud** [praʊd] *adj.*

9. 慢跑的益處和壞處

Notes

慢跑 **jog** [dʒɑg] *v.*

益處 **advantage** [əd`væntɪdʒ] *n.*　　壞處 **disadvantage** [͵dɪsəd`væntɪdʒ] *n.*

10. 地上的一粒米

Notes

米粒 **rice grain** [gren]

11. 盤子裡的水餃

Notes

水餃 **dumpling** [`dʌmplɪŋ] *n.*

12. 腦子的發育

13. 山裡發出的訊號

14. 銀行帳號的密碼

※ 套色部分即爲主角，所以放在最前面。

① the raisins in my hand

② the rainbow in the sky

③ the confusion in the eyes

④ the importance of frugality

⑤ the thickness of the wall

⑥ the stapler in the drawer

⑦ the mineral water in the bottle

⑧ the pride of the Chinese

⑨ the advantages and disadvantages of jogging

⑩ a grain of rice on the ground

⑪ the dumplings on the plate

⑫ the development of the brain

⑬ the signal from the mountain

⑭ the password of the bank account

連漪 擴充字彙庫　關於自己 → 嬰兒期 Babyhood

① 新生兒 newborn baby

② 早產兒 premature baby [ˌprimə`tjʊr]

③ 尿布 diaper [daɪəpə] *n.*
　　* 換尿布 change sb.'s diaper

④ 大便 poo [pu] *n./v.* 或 poo poo

⑤ 尿尿 pee [pi] *n./v.* 或 pee pee

⑥ 奶嘴 pacifier [`pæsə.faɪə] *n.*

⑦ 奶瓶 baby bottle

⑧ 奶粉 baby formula [`fɔrmjələ]

⑨ 母奶 breast milk [brɛst]

⑩ 爬 crawl [krɔl] *v.*

⑪ 乳牙 baby teeth

⑫ 圍兜（圍涎） bib [bɪb] *n.*

⑬ 嬰幼兒用餐時的高腳椅 high chair

02 | 基本功（二）
Fundamental Work 2

 Shadowing 片語跟讀　▶ **Track 003**

我們將英文稍稍加長，請讀者先找出主詞，然後跟著我說。（英文翻譯在本課後，但請先不要看英文，只看著中文進行練習。）

1. 鞋子的釦子

> Notes

釦子 / 扣釦子 **buckle** [`bʌkḷ] *n./v.*　　鈕釦 / 扣鈕釦 **button** [`bʌtṇ] *n./v.*

2. 昨天買的遙控器

> Notes

遙控器 **remote control**

3. 在 XX 買的冰箱

> Notes

冰箱 **refrigerator** [rɪ`frɪdʒə.retə] *n.*

4. 一部被批評得一蹋糊塗的電影

P
A
R
T
1

Notes

批評 **criticize** [ˋkrɪtəˌsaɪz] *v.*　　一蹋糊塗地 **miserably** [ˋmɪzərəblɪ] *adv.*

5. 上個月在東京買的毛衣

6. 我永不厭倦的薄荷冰淇淋

Notes

薄荷 **mint** [mɪnt] *n.*

7. 你絕對猜不到的動機

Notes

動機 **motive** [ˋmotɪv] *n.*

8. 校園裡的杜鵑花和牽牛花

Notes

杜鵑花 **azalea** [əˋzeɪlɪə] *n.*　　牽牛花 **morning glories**

9. 一輛車子的品牌和價錢

10. 一個月沒洗澡的模樣

學生說 → 郭老師指正 → 讀者 shadow me ① ⇨ shadow me ②

Notes

模樣 **look** [lʊk] *n.*

11. 一家企業的形象

學生說 → 郭老師指正 → 讀者 shadow me ① ⇨ shadow me ②

Notes

形象 **image** [ˋɪmɪdʒ] *n.*　　企業 **enterprise** [ˋɛntɚˏpraɪz] *n.*

12. 晚禮服的魅力

學生說 → 郭老師指正 → 讀者 shadow me ① ⇨ shadow me ②

Notes

晚禮服 **evening dress**

13. 生命的高低起伏

學生說 → 郭老師指正 → 讀者 shadow me ① ⇨ shadow me ②

Notes

盛衰；起浮 **ups and downs**

14. 對攀岩的興趣

學生說 → 郭老師指正 → 讀者 shadow me ① ⇨ shadow me ②

Notes

攀岩 **rock climbing**　　攀爬 **climb** [klaɪm] *v.*

✔ Script 跟讀**片語**的英文　僅供參考，請勿先看。

※ 套色部分即為主角，所以放在最前面。

① the buckles on the shoes

② the remote control bought yesterday

③ the refrigerator bought at XX

④ a movie which is miserably criticized

⑤ the sweater bought in Tokyo last month

⑥ the mint ice cream I'll never get tired of

⑦ the motive you'll never guess

⑧ the azaleas and morning glories on campus

⑨ the brand and price of a car

⑩ the look of not <u>having had a bath</u> for one month

　　　　　　　因為是「一個月」以來，所以用「現在完成式」。

⑪ the image of an enterprise

⑫ the charm of evening dresses

⑬ the ups and downs of life

⑭ the interest in rock climbing

◎ 連 猜 擴充字彙庫　關於自己 → 童年 Childhood

① 頑皮的 naughty [`nɔtɪ] *adj.*

② 頑皮鬼 urchin [`ɝtʃɪn] *n.*

③ 摔跤 fall–fell–fallen
　　　　[fɛl]

④ 滑倒 slip–slipped–slipped
　　　　[slɪpt]　　[slɪpt]

⑤ 瘀血 bruise [bruz] *n./v.*

⑥ 滑板 skateboard [`sket.bord] *n./v.*

⑦ 直排溜冰鞋 inline skates

⑧ 無憂無慮的 carefree [`kɛr.fri] *adj.*

⑨ 零用錢 allowance [ə`lauəns] *n.* 或
　　pocket money

⑩ 遊樂場 playground [`ple.graund] *n.*

03 | 基本功（三）
Fundamental Work 3

🎯 **Shadowing 片語跟讀**　▶ **Track 004**

為了提高尋找「主角」的困難度，我們現在將英文再繼續加長。

1. 車上的收音機、駕駛座和後座

學生說 ➡ 郭老師指正 ➡ 讀者 shadow me ① ⇨ shadow me ②

Notes
駕駛座 **driver's seat**　　後座 **back seat**

2. 對愛情的執著和誤解

學生說 ➡ 郭老師指正 ➡ 讀者 shadow me ① ⇨ shadow me ②

Notes
執著 **obsession** [əbˋsɛʃən] *n.*　　誤解 **misunderstanding** [ˋmɪsʌndəˋstændɪŋ] *n.*

3. 我們腦袋裡的想法、煩惱、判斷

學生說 ➡ 郭老師指正 ➡ 讀者 shadow me ① ⇨ shadow me ②

4. 文具店裡的訂書機、訂書針、立可白

學生說 ➡ 郭老師指正 ➡ 讀者 shadow me ① ⇨ shadow me ②

Notes
文具 **stationery** [ˋsteʃənˏɛrɪ] *n.*　　訂書針 **staple** [ˋstepl] *n.*
立可白 **white-out** [ˋhwaɪtˏaut] *n.*

5. 馬路上的行人、汽車、摩托車

行人 **pedestrian** [pə`dɛstrɪən] *n.*　　摩托車 **scooter** [`skutə] *n.*
重型機車 **motorcycle** [`motə͵saɪkl̩] *n.*

6. 眼中的愛和仰慕

仰慕 **adore** [ə`dor] *v.*　　仰慕 **adoration** [͵ædə`reʃən] *n.*

7. 教育體制的複雜及瓶頸

教育體制 **educational system**　　瓶頸 **bottleneck** [`batl̩͵nɛk] *n.*

8. 人性的慈悲與貪婪

慈悲的 **merciful** [`mɜsɪfəl] *adj.*　　慈悲 **mercy** [`mɜsɪ] *n.*
貪婪的 **greedy** [`gridɪ] *adj.*　　貪婪 **greed** [grid] *n.*

9. 那一家餐廳的麻婆豆腐和蔥炒蛋

麻婆豆腐 **Mapo Tofu**　　蔥炒蛋 **scrambled eggs with scallions**

① the radio, driver's seat and the back seat of a car
② the obsession with and misunderstanding of love
③ the ideas, worries and judgments in our heads
④ the stapler, staples and white-out in a stationery store
⑤ the pedestrians, cars and scooters on the road
⑥ the love and adoration in the eyes
⑦ the complexities and bottlenecks of (the/an) educational system
⑧ the mercy and greed of human natures
⑨ the Mapo Tofu and scrambled eggs with scallions in that restaurant

◎連猜 擴充字彙庫　關於自己 → 青少年期 Adolescence

① 青春期 **puberty** [ˋpjubətɪ] *n.*
② 青春痘 **pimple**(s) [ˋpɪmpl] *n.*
③ 喉結 **Adam's apple**
　（好像亞當偷吃的蘋果卡在喉嚨）
④ 發育 **develop** [dɪˋvɛləp] *v.*
⑤ 發育 **development** [dɪˋvɛləpmənt] *n.*
⑥ 人際關係 **interpersonal relationship**

⑦ 同儕 **peer**(s) [pɪr] *n.*
⑧ 白馬王子 **Prince Charming**
⑨ 白雪公主 **Snow White**
⑩ 聽話的 **obedient** [əˋbidjənt] *adj.*
⑪ 叛逆的 **rebellious** [rɪˋbɛljəs] *adj.*
⑫ 叛逆 **rebellion** [rɪˋbɛljən] *n.*
⑬ 叛逆 **rebel** [rɪˋbɛl] *v.* + against 某人

04 | 我的夢想
My Dream

　　讀者做了前面的尋找「主角」和簡單跟讀暖身之後，現在應該可以比較輕鬆、快速地鎖定一個句子的主詞，並立刻用英文說出來。因此，從本課起我們開始練習單句和段落的跟讀，並進階到同步口譯的訓練。

 Shadowing 單句跟讀 ▶ **Track 005**

請仔細聆聽並一字一字地緊貼著跟讀。我們先把速度放慢。

1. 我們每一個人都有夢想。

We all have dreams.

> 讀者 shadow me ① ⇨ shadow me ② ⇨ shadow me ③

2. 我的夢想是 以後 能環遊世界。
　　　　　　　時間放句尾

My dream is that I'll be able to travel around the world in the future.

> 讀者 shadow me ① ⇨ shadow me ② ⇨ shadow me ③

3. 你的夢想是 什麼？ 賺大錢？當總統？
　　　　　　疑問詞放句首

What's your dream? Making lots of money? Becoming president?

> 讀者 shadow me ① ⇨ shadow me ② ⇨ shadow me ③

4. 我無法想像 ，一個人 沒有夢想，要如何 活下去！
　　①　　　　③　　　⑤　　　　　②　　　④

I can hardly imagine how anyone can live without having a dream!
　　　　①　　　　　　②　　　③　　　　④　　　　　　⑤

Notes

without having a dream 在這一句話裡，只表示「條件或背景」，所以放在句尾。

5. 當然，沒有人能保證夢想必會實現。

Of course, no one can guarantee that our dreams will come true.

6. 所有順境與逆境都是生命的一部分。

All the ups and downs are parts of our lives.

7. 永遠不要停止追逐 我們心中 那追夢的彩虹。
　　　　　　　　　　地點放句尾

Never stop chasing the beautiful rainbow in our heart.

8. 是否能夠得到那道彩虹是一回事。

Whether we can reach that rainbow is one thing.

9. 重要的是我們不曾放棄！

What matters is we never gave up!

10. 有夢最美！

提示 英文表達：有夢想時，生命就變美了。
②　　　　　①

Life becomes beautiful when it's accompanied by a dream.
①　　　　　　　　　　　　　　②

Notes

accompany [əˋkʌmpənɪ] 陪伴；伴隨 v.

🎙 **Shadowing 段落跟讀** ▶ **Track 006**

請跟著我說英文並模仿我的發音和語調，一邊在腦中「想」它的中文意思。

When I was a little child, I often stared at the stars in the sky, wondering[1] how far it was and whether the Moon Lady[2] and Moon Rabbit[3] were up there. Now that I am an adult, I know that the Moon Lady and Moon Rabbit aren't real, and that the size of the universe is beyond our imagination.

【分解速度】 讀者 shadow me ① ⇨ shadow me ②

Notes
1. **wonder** [ˋwʌndə] 納悶；想知道 v.　　2. **Moon Lady** 嫦娥　　3. **Moon Rabbit** 玉兔

請各位盯著中文，耳聽英文，並和我「同步」譯為英文。

> 我小時候，常常望著天上的星星，心想：「天到底有多高？月亮上到底有沒有嫦娥和玉兔？」現在我長大了，知道月亮上既沒有嫦娥也沒有玉兔，而且宇宙之浩瀚是超過我們所能想像的。

【正常速度】 讀者 shadow me ① ⇨ shadow me ②

◎ 連 漪 擴充字彙庫 關於自己 → 壯年期 Prime Age

① 事業 career [kəˋrɪr] n.

② 同事 colleague [ˋkɑlig] 或 co-worker [ˋko͵wɝkə] n.

③ 成家 get married

④ 忠誠 fidelity [fɪˋdɛlətɪ] n.

⑤ 小三 home wrecker [ˋrɛkə]

⑥ 婚姻的 marital [ˋmærətḷ] adj.

⑦ 外遇 extramarital relation [͵ɛkstrəˋmærɪtḷ] 或 love affair

⑧ 顧家的 family-oriented [ˋɑrɪɛntɪd] adj.

⑨ 好榜樣 a good role model

⑩ 嚴謹的 strict [strɪkt] adj.

⑪ 愛命令人的 bossy [ˋbɑsɪ] adj.

⑫ 要求高的 demanding [dɪˋmændɪŋ] adj.

⑬ 唯唯諾諾的人 yes-man [ˋjɛs͵mæn] n.

⑭ 富裕體面的 affluent [ˋæfluənt] adj.

⑮ 好脾氣的 good-tempered [ˋgʊdˋtɛmpəd] adj.

05 | 天氣
Weather

🎙 **Shadowing 單句跟讀** ▶ **Track 008**

請仔細聆聽並一字一字地緊貼著跟讀。我們先把速度放慢。

1. 有人說，天氣會影響心情。

It's said that the weather influences our moods.

 讀者 shadow me ① ⇨ shadow me ② ⇨ shadow me ③

2. 我們應該什麼天氣都喜歡。
　提示 以天氣為受詞。

We should enjoy all kinds of weather.

讀者 shadow me ① ⇨ shadow me ② ⇨ shadow me ③

3. 大太陽時，我們可以流汗，把身體的毒氣排出。

When the sun is bright, we can sweat and detoxify our body.

讀者 shadow me ① ⇨ shadow me ② ⇨ shadow me ③

Notes
sweat [swɛt] 流汗 v.　　**detoxify** [diˋtɑksə͵faɪ] 排毒 v.

4. 陰天時，我們可以享受涼爽的日子。

When it's cloudy, we can enjoy the nice cool weather.

5. 雨天，我們可以出外散步，欣賞雨景。

When it rains, we can walk out and enjoy the view of the rain.

6. 下雨真的很好，它把 植物都 洗 乾淨了。
　　① 　　　　② 　④ 受詞 ③ 　⑤

Rain is good stuff, which washes all the plants clean.
　　　① 　　　② 　　③ 　　④ 　　⑤

7. 當然，如果颱風來了，就不再好玩了。
　① 　　③ 時間放句尾 　　②

Of course, it won't be fun any more when typhoons come.
　　　① 　　　　② 　　　　③

> **Notes**
>
> **fun** [fʌn] 好玩的；愉快的 *adj.*　　**funny** [ˋfʌnɪ] 滑稽的；可笑的 *adj.*

8. 土石流更可怕！

Mudslides are like nightmares!

> **Notes**
>
> **mudslide** [ˋmʌdˌslaɪd] 土石流；坍方 *n.*
> **nightmare** [ˋnaɪtˌmɛr] 惡夢；恐怖的事 *n.*

9. 我希望 台灣 不要再有土石流！

　　　　地點放句尾

I hope there won't be mudslides any more in Taiwan.

讀者 shadow me ① ⇨ shadow me ② ⇨ shadow me ③

10. 我好喜歡台灣這個美麗的寶島！

I love Formosa—a beautiful island!

讀者 shadow me ① ⇨ shadow me ② ⇨ shadow me ③

 Shadowing 段落跟讀 ▶ **Track 009**

請跟著我說英文並模仿我的發音和語調，一邊在腦中「想」它的中文意思。

Spring is a beautiful season where life is everywhere. Azaleas, orchids[1], morning glories, forget-me-nots, lilies and calla lilies[2] are all in full bloom[3]. The trees are flowering, and the lush[4] greenery[5] of life is everywhere.

【分解速度】 讀者 shadow me ① ⇨ shadow me ②

Notes

1. **orchid**(s) [`ɔrkɪd] 蘭花 *n.*　　2. **calla** lily（複 lilies）[`kælə] 海芋
3. **in full bllom** 盛開　　4. **lush** [lʌʃ] 茂盛的 *adj.*
5. **greenery** [`grinərɪ] 青綠的草地或樹叢 *n.*

請各位盯著中文，耳聽英文，並和我「同步」譯為英文。

> 春天是一個美麗的季節，處處綻放著生命。杜鵑花、蘭花、牽牛花、勿忘我、百合花、海芋……都盛開了。樹木也都發芽了，滿滿的綠，處處充滿了生命！

【正常速度】 讀者 shadow me ① ⇨ shadow me ②

◎ 連 漪 擴充字彙庫 | 關於自己 → 身體部位 Parts of the Body

① 頭 **head** [hɛd] *n.*

② 額頭 **forehead** [`fɔr,hɛd] *n.*

③ 眉毛 **eyebrow** [`aɪ,braʊ] *n.*

④ 睫毛 **eyelash** [`aɪ,læʃ] *n.*

⑤ 眼睛 **eye** [aɪ] *n.*

⑥ 鼻子 **nose** [noz] *n.*

⑦ 耳朵 **ear** [ɪr] *n.*

⑧ 臉頰 **cheek** [tʃik] *n.*

⑨ 嘴巴 **mouth** [maʊθ] *n.*

⑩ 嘴唇 **lip** [lɪp] *n.*

⑪ 舌頭 **tongue** [tʌŋ] *n.*

⑫ 牙齒 **tooth** [tuθ] *n.*

⑬ 下巴 **chin** [tʃɪn] *n.*

⑭ 頸部 **neck** [nɛk] *n.*

⑮ 肩膀 **shoulder** [`ʃoldə] *n.*

⑯ 胸部 **chest** [tʃɛst] *n.*

⑰ 背部 **back** [bæk] *n.*

⑱ 腹部 **stomach** [`stʌmək] *n.*

⑲ 腰部 **waist** [wɛst] *n.*

⑳ 手臂 **arm** [ɑrm] *n.*

㉑ 手肘 **elbow** [`ɛlbo] *n.*

㉒ 手腕 **wrist** [rɪst] *n.*

㉓ 手部 **hand** [hænd] *n.*

㉔ 手掌 **palm** [pɑm] *n.*

㉕ 手指 **finger** [`fɪŋgə] *n.*

㉖ 大拇指 **thumb** [θʌm] *n.*

㉗ 食指 **index finger**

㉘ 中指 **middle finger**

㉙ 無名指 **ring finger**

㉚ 小指 **pinky** [`pɪŋkɪ] *n.*
*make a pinky promise 用小指打勾勾

㉛ 臀部 **bottom** [`bɑtəm] *n.*

㉜ 腿部 **leg** [lɛg] *n.*

㉝ 膝蓋 **knee** [ni] *n.*

㉞ 腳踝 **ankle** [`æŋkl̩] *n.*

㉟ 腳 **foot** [fʊt] *n.*

㊱ 腳跟 **heel** [hil] *n.*

㊲ 腳趾 **toe** [to] *n.*

06 | 心境
State of Mind

 Shadowing 單句跟讀 ▶ **Track 011**

請仔細聆聽並一字一字地緊貼著跟讀。我們先把速度放慢。

1. 有錢沒錢，心情都要好。

Rich or poor, we should be happy.

> 讀者 shadow me ① ⇨ shadow me ② ⇨ shadow me ③

2. 不要讓外物決定我們的心境。

Do not let the outside world decide our states of mind.

> 讀者 shadow me ① ⇨ shadow me ② ⇨ shadow me ③

Notes
the outside world 外在世界

3. 我們必須把快樂的源頭擴大。

We must broaden the source for happiness.

> 讀者 shadow me ① ⇨ shadow me ② ⇨ shadow me ③

4. 不管大事或小事，都可以使我們喜悅。

Take joy in all things, great and small.

> 讀者 shadow me ① ⇨ shadow me ② ⇨ shadow me ③

5. 不管處境如何，數數自己所擁有的吧！

In good times or bad, count our blessings!

Notes

blessing [`blɛsɪŋ] 賜福；祝福 *n.*

6. 感恩不是富人的專利。

Gratefulness is not reserved for the rich.

Notes

grateful [`gretfəl] 感恩的 *adj.*　　**reserve** [rɪ`zɝv] 保留 *v.*

7. 別陷入自艾自憐！

Don't wallow in self-pity!

Notes

wallow [`wɑlo] 沉溺 *v.*　　**self-pity** [`sɛlf`pɪtɪ] 自憐 *n.*

8. 知足常樂。

Contentment brings happiness.

Notes

contentment [kən`tɛntmənt] 滿足的 *adj.*

9. 寧靜致遠。

Solitude is the nurse of wisdom.

讀者 shadow me ① ➡ shadow me ② ➡ shadow me ③

Notes

solitude [ˋsɑləˌtjud] 獨處 *n.*

10. 有時候壞人會遭逢好事，好人也會遭逢壞事。

Sometimes good things happen to bad people, and vice versa.

讀者 shadow me ① ➡ shadow me ② ➡ shadow me ③

Notes

vice versa [ˌvaɪs ˋvɝsə] 反過來也一樣 *adv.*

 Shadowing 段落跟讀　▶ **Track 012**

請跟著我說英文並模仿我的發音和語調，一邊在腦中「想」它的中文意思。

Our minds should be continually[1] peaceful. Our minds should be calm while we are debating[2] with people. Our minds should feel at ease[3] while we are trying to catch the bus. We must learn to separate[4] ourselves from our troubles.

【分解速度】 讀者 shadow me ① ➡ shadow me ②

Notes

1. **continually** [kənˋtɪnjuəlɪ] 持續地；常態性地 *adv.*　　2. **debate** [dɪˋbet] 辯論 *v./n.*
3. **feel at ease** 感到舒適、自在　　4. **separate** [ˋsɛpəˌret] 分開 *v.*

請各位盯著中文，耳聽英文，並和我「同步」譯為英文。

> 我們的心應常保寧靜。當我們外表在和別人辦論時，我們的心靈是平靜的；當我們外表在趕公車時，我們的心靈是自在的。我們必須學會超脫煩擾。

【正常速度】 讀者 shadow me ① ➡ shadow me ②

◎ 連 瀞 **擴充字彙庫** 關於家庭 → 家 Home

① 沙發 **sofa** [`sofə] *n.*

② 長沙發 **couch** [kaʊtʃ] *n.*
  * 教練 <u>coach</u> [o]

③ 兩人座沙發 **love seat**

④ 板凳 **stool** [stul] *n.*

⑤ 液晶電視 **LED TV**

⑥ 高畫質電視 **high <u>definition</u> TV**
  (HDTV) [ˌdɛfə`nɪʃən]
  * 轉到 32 台 switch to Channel 32

⑦ 餐桌 **<u>dining</u> table** [`daɪnɪŋ]

⑧ 餐桌上的轉盤 **lazy Susan**

⑨ 按門鈴 **ring the door bell**

⑩ 電話答錄機 **answering machine**

⑪ 打開抽屜 **open the drawer**

⑫ 爐灶 **stove** [stov] *n.*

⑬ 抽油煙機 **range hood**

⑭ 瓦斯桶 **<u>propane</u> tank** [`propen]

⑮ 熱水器 **heater** [`hitə] *n.*

⑯ 電鍋 **rice cooker**

⑰ 快鍋 **<u>pressure</u> cooker** [`prɛʒə]

⑱ 炒菜鍋（中式）**wok** [wɑk] *n.*

⑲ 平底鍋 **pan** [pæn] *n.*

⑳ 鍋鏟 **turner** [`tɜnə] *n.*

㉑ 大湯勺 **ladle** [ledl] *n.*

㉒ 小湯匙 **spoon** [spun] *n.*

㉓ 砧板 **cutting board**

㉔ 水槽（洗臉、洗碗）**sink** [sɪŋk] *n.*

㉕ 烤箱 **oven** [`ʌvən] *n.*

㉖ 微波爐 **microwave** [`maɪkroˌwev] *n.*

07 │ 霸凌
Bullies

 Shadowing 單句跟讀 ▶ **Track 014**

請仔細聆聽並一字一字地緊貼著跟讀。我們先把速度放慢。

1. 我們常常聽到霸凌事件。

"Bully" is a word that we often hear.

> 讀者 shadow me ① ⇨ shadow me ② ⇨ shadow me ③

Notes
bully [`bʊlɪ] 欺負人 *v./n.*

2. 為什麼有人喜歡欺負別人呢？

Why would anyone bully other people?

> 讀者 shadow me ① ⇨ shadow me ② ⇨ shadow me ③

3. 人 不是 生而平等嗎？
　 ②　 ①　　 ③

Aren't humans born equal?
　①　　　 ②　　　 ③

> 讀者 shadow me ① ⇨ shadow me ② ⇨ shadow me ③

4. 不知這些父母是怎麼教育孩子的。

I wonder how these parents teach their children.

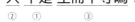

讀者 shadow me ① ⇨ shadow me ② ⇨ shadow me ③

5. 有可能他們自己也喜歡欺負別人嗎？

Would it be possible that they like to bully people, too?

讀者 shadow me ① ⇨ shadow me ② ⇨ shadow me ③

6. 許多父母替兒女做了不好的榜樣。

Many parents set up bad role models for their children.

讀者 shadow me ① ⇨ shadow me ② ⇨ shadow me ③

Notes

role model 榜樣

7. 言教不如身教！

Actions speak louder than words!

讀者 shadow me ① ⇨ shadow me ② ⇨ shadow me ③

8. 難道他們完全不知道嗎？

Don't they know at all?

讀者 shadow me ① ⇨ shadow me ② ⇨ shadow me ③

Notes

not at all 完全不

9. 不管是霸凌者或是被霸凌者，都需要協助。

Both the bullies and the bullied need help.

讀者 shadow me ① ⇨ shadow me ② ⇨ shadow me ③

Notes

the bullies 霸凌者　　　　**the bullied** 被霸凌者

10. 教育 身心健全的 孩子 是媒體、學校、父母的 責任。
　　 ③　　　　⑤　　　　④　　　　　②　　　　　　①

It's the responsibility of the mass media, school and parents to
　　　　　　①　　　　　　　　　　　　②

educate children to be healthy both in mind and body.
　　③　　　　④　　　　　　　　　⑤

讀者 shadow me ① ⇨ shadow me ② ⇨ shadow me ③

 Shadowing 段落跟讀　　**▶ Track 015**

請跟著我說英文並模仿我的發音和語調，一邊在腦中「想」它的中文意思。

I was often teased[1] by my schoolmates in elementary school. They called me fat and laughed at me, saying that I looked dumb[2]. I never dared to tell my parents. I regarded it as[3] psychological[4] bullying, because they never physically[5] hit me.

【分解速度】 讀者 shadow me ① ⇨ shadow me ②

Notes

1. **tease** [tiz] 取笑 *v.*　　 2. **dumb** [dʌm] 笨拙 *adj.*　　 3. **regard ... as ...** [rɪˋgɑrd] 認為 *v.*
4. **psychological** [ˌsaɪkəˋlɑdʒɪkl̩] 心理上的 *adj.*　　 5. **physically** [ˋfɪzɪklɪ] 肉體上地 *adv.*

請各位盯著中文，耳聽英文，並和我「同步」譯為英文。

> 我讀小學的時候，常常被同學取笑。他們笑我太胖，還笑我長得很
>
> 呆，我都不敢跟爸媽說。他們雖然沒有打過我，但是我感覺那是一
>
> 種精神上的霸凌。

【正常速度】　讀者 shadow me ① ⇒ shadow me ②

◎ 連 瀚 **擴充字彙庫**　關於家庭 → 住家 Housing (1)

① 落地窗 French window
② 火災警報 fire alarm
③ 消防栓 fire hydrant [`haɪdrənt]
④ 對講機 intercom [`ɪntəˌkɑm] n.
⑤ 陽台 balcony [`bælkənɪ] n.
⑥ 廚房用品 kitchenware [`kɪtʃɪnˌwɛr] n.
⑦ 料理台 counter [`kaʊntə] n.
⑧ 蓮蓬頭 shower head
⑨ 沖馬桶 flush the toilet
⑩ 洗衣機 washing machine
⑪ 烘乾機 clothes dryer
⑫ 晾衣服 hang the clothes
⑬ 衣架 hanger [`hæŋə] n.
⑭ 洗衣精；洗碗精 detergent [dɪ`tɜdʒənt] n.
⑮ 主臥室 master bedroom
⑯ 客房 guest room
⑰ 書房 study [`stʌdɪ] n.
⑱ 車庫 garage [gə`rɑʒ] n.
⑲ 地下室 basement [`besmənt] n.
⑳ 儲藏室 storeroom [`storˌrum] n.

08 | 受挫
Frustration

 **Shadowing 單句跟讀** **Track 017**

請仔細聆聽並一字一字地緊貼著跟讀。我們先把速度放慢。

1. 最純淨的金子是用最猛烈的火提煉而來的。

The finest gold can only be refined with the hottest fires.

讀者 shadow me ① ⇨ shadow me ② ⇨ shadow me ③

Notes
refine [rɪˋfaɪn] 提煉 v.

2. 苦難 經常 是 畫了妝的 祝福。
　　① 　③ ② 　⑤ 　 ④

Adversity is often a blessing in disguise.
　① 　② ③ 　④ 　 ⑤

讀者 shadow me ① ⇨ shadow me ② ⇨ shadow me ③

Notes
adversity [ədˋvɝsətɪ] 逆境 n. 　　**disguise** [dɪsˋgaɪz] 偽裝 n./v.

3. 我們要笑看人生起伏。

We should smile through the ups and downs of life.

讀者 shadow me ① ⇨ shadow me ② ⇨ shadow me ③

4. 世上的人或物，沒有什麼是絕對完美的。

No one and nothing in the world is impeccable.

讀者 shadow me ① ⇨ shadow me ② ⇨ shadow me ③

Notes

impeccable [ɪm`pɛkəbl] 無瑕的 *adj.*

5. 只要盡了力，就值得尊敬了。

Hard work is respectable in itself.

讀者 shadow me ① ⇨ shadow me ② ⇨ shadow me ③

Notes

in itself 就其本身而言；本質上

6. 不是每一個聰明的人或努力的人都必定成功。

Not everyone who is smart or works hard will succeed.

形容詞子句，形容主詞 "everyone"。

讀者 shadow me ① ⇨ shadow me ② ⇨ shadow me ③

7. 每一個人都會有難過的日子。

Everyone goes through hard times.

讀者 shadow me ① ⇨ shadow me ② ⇨ shadow me ③

8. 遭逢挫折時，要勇敢！
　　　②　　　　　①

Be brave while you encounter frustrations!
　　①　　　　　　　　　②

讀者 shadow me ① ⇨ shadow me ② ⇨ shadow me ③

Notes
encounter [ɪnˋkaʊntɚ] 遭逢 *v./n.*　　**frustration** [ˌfrʌsˋtreʃən] 挫折；失敗 *n.*

9. 不見得事業成功的人就一定快樂。

Not everyone who has a successful career has a happy life.

讀者 shadow me ① ⇨ shadow me ② ⇨ shadow me ③

10. 有備而無患！

A good plan today is better than a perfect plan tomorrow!

讀者 shadow me ① ⇨ shadow me ② ⇨ shadow me ③

 Shadowing 段落跟讀 ▶ **Track 018**

請跟著我說英文並模仿我的發音和語調，一邊在腦中「想」它的中文意思。

Some of the most beautiful vistas[1], freshest air, most dazzling[2] rainbows and cleanest moonlights only come after torrential[3] rains. Adversity and loss make a man wise[4].

【分解速度】 讀者 shadow me ① ⇨ shadow me ②

Notes
1. **vista**(s) [ˋvɪstə] 狹長的景象 *n.*　　2. **dazzling** [ˋdæzlɪŋ] 絢爛的 *adj.*
3. **torrential** [təˋrɛnʃəl] 猛烈的 *adj.*　　4. **wise** [waɪz] 有智慧的 *adj.*

請各位盯著中文，耳聽英文，並和我「同步」譯為英文。

最美的景象、最新鮮的空氣、最絢爛的彩虹，以及最皎潔的月光，都出現在大雨之後。我們往往在逆境中失去些什麼之後，就變得有智慧了！

【正常速度】 讀者 shadow me ① ⇨ shadow me ②

◎ 連 漪 擴充字彙庫 關於飲食 → 食物 Food (1)

① 花枝；魷魚 squid [skwɪd] n.
② 墨魚；烏賊 cuttlefish [`kʌtl̩ˌfɪʃ] n.
③ 螃蟹 crab [kræb] n.
④ 海參 sea cucumber [`kjukəmbə]
⑤ 魚鱗 scale(s) [skel] n.
⑥ 魚鰓 gill(s) [gɪl] n.
⑦ 魚丸 fish ball(s)
⑧ 蚵 oyster [`ɔɪstə] n.
⑨ 蛤 clam [klæm] n.
⑩ 蝦 shrimp [ʃrɪmp] n.
⑪ 龍蝦 lobster [`labstə] n.
⑫ 明蝦 prawn [prɔn] n.
　＊喜酒常吃的大蝦

⑬ 生魚片 sashimi [sɑ`ʃɪmɪ] n.
⑭ 有腥味的 gamey [`gemɪ] adj.
⑮ 不新鮮的；臭了 stale [stel] adj.
⑯ 養分 nutrient [`njutrɪənt] n.
⑰ 蛋白質 protein [`protiɪn] n.
⑱ 脂肪 fat [fæt] n.
⑲ 礦物質 mineral(s) [`mɪnərəl] n.
⑳ 維生素 vitamin(s) [`vaɪtəmɪn] n.
㉑ 會令人發胖的 fattening [`fætənɪŋ] adj.
㉒ 開胃菜 appetizer [`æpəˌtaɪzə] n.
㉓ 主菜 main course [kors]
㉔ 小菜 side dish
㉕ 今日特餐 today's special

09 | 減重
Weight Loss

 Shadowing 單句跟讀 ▶ **Track 020**

請仔細聆聽並一字一字地緊貼著跟讀。我們先把速度放慢。

1. 我真想在一個月內瘦 5 公斤！

How I wish to lose five kilos in one month!

> 讀者 shadow me ① ⇨ shadow me ② ⇨ shadow me ③

2. 體重快速下降不見得是健康的方法。

The healthiest way to lose weight is not necessarily the quickest.

> 讀者 shadow me ① ⇨ shadow me ② ⇨ shadow me ③

Notes
not necessarily 不見得；未必

3. 我已經連續七天，每天只吃一餐！

I've been eating one meal a day consecutively for a whole week!

> 讀者 shadow me ① ⇨ shadow me ② ⇨ shadow me ③

Notes
consecutively [kənˋsɛkjʊtɪvlɪ] 連續地 *adv.*
時間放句尾；時間愈大，放愈後面：先說 "a day"，再說 "a whole week"。

4. 我不贊成劇烈的節食。

I wouldn't recommend crash diets.

Notes

recommend [ˌrɛkə`mɛnd] 推薦 *v.*
crash [kræʃ] 猛烈的 *adj.*   **diet** [`daɪət] 飲食;節食 *n.*

5. 我也不贊成一下子做太多運動。

Neither would I recommend drastic increases in exercise.

Notes

neither [`niðə] 兩者都不;也不 *adv.*      **drastic** [`dræstɪk] 急劇的 *adj.*

6. 醫生都極力勸我們「少吃多動」。

Doctors highly recommend exercise combined with a healthy diet.

7. 運動本身就可以防癌。

Exercise itself has anti-cancer benefits.

Notes

anti-cancer [`æntɪ`kænsə] *adj.*   **benefit** [`bɛnəfɪt] 益處 *n.*

8. 我們必須 每週至少運動三次，每天至少 **30** 分鐘。
       ①   ③ 再說大時間   ② 先說小時間

We must exercise for <u>at least 30 minutes a day</u>, <u>at least 3 times a week</u>.

　　　①　　　　　　　　　　　　　　② 小時間　　　　　　　③ 大時間

〔 讀者　shadow me ① ⇨ shadow me ② ⇨ shadow me ③ 〕

9. 我們必須流汗，才能排毒。

We must sweat in order to detoxify our body.

〔 讀者　shadow me ① ⇨ shadow me ② ⇨ shadow me ③ 〕

10. 運動可以改善便秘。

Exercise can ease constipation.

〔 讀者　shadow me ① ⇨ shadow me ② ⇨ shadow me ③ 〕

Notes

ease [iz] 減緩 *v.*　　**constipation** [ˌkɑnstəˋpeʃən] 便秘 *n.*

 Shadowing 段落跟讀　　▶ **Track 021**

請跟著我說英文並模仿我的發音和語調，一邊在腦中「想」它的中文意思。

I have been trying to lose weight[1] for the past 20 years, but have yet to succeed. I just love eating. From dumplings, pot stickers, and beef noodles to spaghetti, pizza, and roasted pig knuckles, I can never resist[2]!

【分解速度】〔 讀者　shadow me ① ⇨ shadow me ② 〕

Notes

1. **lose weight** 減重；瘦身　　2. **resist** [rɪˋzɪst] 抗拒；抵抗 *v.*

Shadowing 同步口譯 ▶ **Track 022**

請各位盯著中文，耳聽英文，並和我「同步」譯爲英文。

> 我每天都想減重，已經想了 20 年了，但是都沒成功。我就是愛吃。像是水餃、鍋貼、牛肉麵，或是義大利麵、披薩或烤豬腳，我都無法抗拒！

【正常速度】 讀者 shadow me ① ⇨ shadow me ②

◎ 漣 漪 擴充字彙庫 關於飲食 → 食物 Food (2)

① 高纖維的 high-fiber [haɪ`faɪbə] *adj.*
② 高卡的 high-calorie [haɪ`kælərɪ] *adj.*
③ 皮 peel [pil] *n.*
④ 剝皮 peel [pil] *v.*
⑤ 削皮器 peeler [`pilə] *n.*
⑥ 茄子 eggplant [`ɛg͵plænt] *n.*
⑦ 芹菜 celery [`sɛlərɪ] *n.*
⑧ 荔枝 lychee [`laɪtʃi] *n.*
⑨ 龍眼 longan [`laŋgən] *n.*
⑩ 芒果 mango [`mæŋgo] *n.*
⑪ 鳳梨 pineapple [`paɪn͵æpl̩] *n.*
⑫ 榴槤 durian [`durɪən] *n.*
⑬ 芭樂 guava [`gwɑvə] *n.*
⑭ 葡萄 grape [grep] *n.*
⑮ 葡萄柚 grapefruit [`grep͵frut] *n.*
⑯ 柚子 pomelo [`pɑməlo] *n.*
⑰ 柿子 persimmon [pə`sɪmən] *n.*
⑱ 梨子 pear [pɛr] *n.*
⑲ 桃子 peach [pitʃ] *n.*
⑳ 李子 plum [plʌm] *n.*
㉑ 奇異果 kiwi [`kiwɪ] *n.*
㉒ 百香果 passion fruit
㉓ 火龍果 dragon fruit
㉔ 蓮霧 wax apple
㉕ 甘蔗 sugar cane
㉖ 枇杷 loquat [`lokwat] *n.*
㉗ 哈密瓜 cantaloupe [`kæntl͵op] *n.*
㉘ 南瓜 pumpkin [`pʌmpkɪn] *n.*
㉙ 西瓜 watermelon [`wɔtə͵mɛlən] *n.*
㉚ 苦瓜 bitter melon
㉛ 地瓜 sweet potato
㉜ 芋頭 taro [`taro] *n.*

10 | 運動（一）
Exercise 1

請仔細聆聽並一字一字地緊貼著跟讀。我們先把速度放慢。

1. 我喜歡溜滑板。

I like skateboarding.

> 讀者　shadow me ①　⇨　shadow me ②　⇨　shadow me ③

Notes

skateboarding [ˋsketˌbɔrdɪŋ] 滑板運動 *n.*

2. 我喜歡溜直排輪。

I like inline skating.

> 讀者　shadow me ①　⇨　shadow me ②　⇨　shadow me ③

Notes

inline skating [ˋsketɪŋ] 直排輪運動

3. 我喜歡游泳，自由式、仰式都不錯。

I like swimming, and I'm good at freestyle and backstroke.

> 讀者　shadow me ①　⇨　shadow me ②　⇨　shadow me ③

4. 你會不會游蝶式？

Can you swim butterfly stroke?

讀者 shadow me ① ⇨ shadow me ② ⇨ shadow me ③

5. 那個太難了！要把腰拉直，還要把背部拉出水面。

That's hard! You need to stretch and pull the back out of water.

讀者 shadow me ① ⇨ shadow me ② ⇨ shadow me ③

6. 我喜歡做有氧運動，例如跳舞、跑步。

I like aerobics, such as dancing and jogging.

讀者 shadow me ① ⇨ shadow me ② ⇨ shadow me ③

Notes

aerobics [ˌeə`robɪks] 有氧運動 *n.*

7. 我也喜歡浮潛，不用憋氣。

I like snorkeling, too—no need to hold my breath.

讀者 shadow me ① ⇨ shadow me ② ⇨ shadow me ③

Notes

snorkeling [`snɔrklɪŋ] 浮潛 *n.*　　**hold one's breath** 憋氣；屏住呼吸

8. 你喜歡中國武術嗎？

Are you interested in Chinese martial arts?

讀者 shadow me ① ⇨ shadow me ② ⇨ shadow me ③

Notes

martial art 武術 [`marʃəl]

9. 誰不喜歡？連西方人都迷它呢！

Who doesn't? Even westerners are fascinated with it!

讀者 shadow me ① ⇨ shadow me ② ⇨ shadow me ③

Notes

fascinate [ˋfæsn.et] 使著迷 *v.*　　**be fascinated with** ... 對……著迷

10. 規律的運動對身體有益。

Regular exercise is good for health.

讀者 shadow me ① ⇨ shadow me ② ⇨ shadow me ③

 Shadowing 段落跟讀　▶ **Track 024**

請跟著我說英文並模仿我的發音和語調，一邊在腦中「想」它的中文意思。

I have loved sports and exercise ever since I was a child. I like dancing, jogging, karate[1], and taekwondo[2], and I also like to watch sumo wrestling[3], badminton[4] and tennis on TV. However, two sports that I will never try are discus[5] throwing and shot[6] putting. They look tiring!

【分解速度】 讀者 shadow me ① ⇨ shadow me ②

Notes

1. **karate** [kəˋratɪ] 空手道 *n.*　　2. **taekwondo** [taɪˋkɔndo] 跆拳道 *n.*
3. **sumo wrestling** [ˋsumo ˋrɛslɪŋ] 相撲 *n.*　　4. **badminton** [ˋbædmɪntən] 羽毛球 *n.*
5. **discus** [ˋdɪskəs] 鐵餅 *n.*　　6. **shot** [ʃɑt] 鉛球 *n.*

請各位盯著中文，耳聽英文，並和我「同步」譯爲英文。

> 我從小就喜歡運動，我喜歡跳舞、慢跑、空手道、跆拳道，也喜歡
> 看相撲、羽毛球、網球比賽的電視轉播。在所有的運動當中，我永
> 遠不會嘗試的就是丟鐵餅和鉛球，那兩樣東西看起來真累人！

【正常速度】 讀者 shadow me ① ⇨ shadow me ②

◎ **漣漪擴充字彙庫** 關於休閒 → 娛樂 Entertainment

① 私人約會 date [det] n./v.

② 公事約會 appointment [əˋpɔɪntmənt] n.

③ 遊藝場 arcade [arˋked] n.

④ 彈珠台 pinball machine

⑤ 電玩遊戲 video game

⑥ 遊戲機的搖桿 joystick [ˋdʒɔɪˌstɪk] n.

⑦ 網咖 Internet café

⑧ 電腦遊戲 computer game

⑨ 線上遊戲 online game

⑩ 線上聊天 online chatting

⑪ 網友 online friend

⑫ 網路戀情 online romance

⑬ 網路詐騙 online fraud [frɔd]

⑭ 一夜情 one-night stand

⑮ 科幻片 science fiction movie

⑯ 災難片 disaster movie

⑰ 西部片 Western [ˋwɛstɚn] n.

⑱ 偵探片 detective movie

⑲ 恐怖片 horror movie

⑳ 動作片 action movie

㉑ 音樂歌舞片 musical [ˋmjuzɪkl̩] n.

㉒ 愛情片 romance [roˋmæns] n.

㉓ 色情片 porno [ˋpɔrno] n.

㉔ 喜劇 comedy [ˋkɑmədɪ] n.

㉕ 悲劇 tragedy [ˋtrædʒədɪ] n.

㉖ 卡通片 cartoon [karˋtun] n.

㉗ 賣座電影 blockbuster [ˋblɑkˌbʌstɚ] n.

㉘ 特效 special effect(s)

㉙ 音效 sound effect(s)

㉚ 旁白 narration [næˋreʃən] n.

㉛ 配音 dub [dʌb] v.

㉜ 男／女主角 leading actor/actress

㉝ 男／女配角 supporting actor/actress

㉞ 男／女配音員 voice actor/actress

㉟ 製片 producer [prəˋdjusɚ] n.

㊱ 劇本 script [skrɪpt] n.

㊲ 編劇 scriptwriter [ˋskrɪptˌraɪtɚ] n.

㊳ 台詞 line(s) [laɪn] n.

11 | 生病了
Getting Sick

 **Track 026**

請仔細聆聽並一字一字地緊貼著跟讀。

1. 我覺得不舒服。我頭昏、反胃。

I don't feel well. I feel dizzy and nauseated.

讀者 shadow me ① ⇨ shadow me ② ⇨ shadow me ③

Notes

dizzy [ˋdɪzɪ] 頭暈的 *adj.*　　**nauseated** [ˋnɔʃɪetɪd] 噁心的；反胃的 *adj.*

2. 我來幫你量體溫。

Let me take your temperature.

讀者 shadow me ① ⇨ shadow me ② ⇨ shadow me ③

Notes

take sb's temperature 量體溫

3. 38.5 度！你發燒了！

38.5 degrees! You have a fever!

讀者 shadow me ① ⇨ shadow me ② ⇨ shadow me ③

4. 啊！我一定是昨天冷到了。

Ah! I must <u>have caught</u> a cold yesterday.

Notes

現在完成式 "have caught" 用於 "must" 後面，表示「過去之事」。

5. 你喉嚨痛嗎？有沒有流鼻涕？

Do you have a sore throat? Runny nose?

Notes

have a sore throat 喉嚨痛　　　**have a runny nose** 流鼻涕；流鼻水

6. 都沒有，但是我鼻塞。

Neither of them. But my nose is stuffy.

Notes

stuffy nose 鼻塞

7. 你不用吃藥，我給你打一針就好。

No medicine needed. I'll give you a shot.

8. 我有流行性感冒的所有症狀。

I've got all the symptoms of flu.

讀者 shadow me ① ⇨ shadow me ② ⇨ shadow me ③

Notes

symptom [ˋsɪmptəm] 症狀 *n.*　　**flu** [flu] 流行性感冒 *n.*

9. 你不給我打點滴嗎？

Aren't you going to give me an IV?

讀者 shadow me ① ⇨ shadow me ② ⇨ shadow me ③

10. 不打針，不打點滴，也不吃藥！

No shots, no IV, and no medicine!

讀者 shadow me ① ⇨ shadow me ② ⇨ shadow me ③

Shadowing 段落跟讀　 **Track 027**

請跟著我說英文並模仿我的發音和語調，一邊在腦中「想」它的中文意思。

My throat itched[1] when I woke up this morning. First I gargled[2] with salt water, then I drank a lot of water. After that, I ate an apple and went to school where I got so drowsy[3] in class that I had to ask the teacher for a sick leave and went back home.

【分解速度】 讀者 shadow me ① ⇨ shadow me ②

Notes

1. **itch** [ɪtʃ] 癢 *v.*　　2. **gargle** [ˋgɑrgl] 用漱口水漱口 *v.*
3. **drowsy** [ˋdraʊzɪ] 昏昏欲睡的 *adj.*

請各位盯著中文，耳聽英文，並和我「同步」譯爲英文。

> 我今早起床時，覺得喉嚨癢癢的。我就先用鹽水漱口，然後喝很多水。之後我吃了一顆蘋果，就去上學了。上課時，我一直很想睡覺，於是向老師請病假，回家了。

【正常速度】　讀者 shadow me ①　⇨　shadow me ②

◎ 連 濁 擴充字彙庫　關於健康 → 生病 Sickness

① 想吐 feel like <u>vomiting</u> [`vamɪt]
   或 feel like throwing up
② 拉肚子 have <u>diarrhea</u> [ˌdaɪə`riə]
③ 麻了 numb [nʌm] *adj.*
④ 有近視 nearsighted [`nɪr`saɪtɪd] *adj.*
⑤ 有遠視 farsighted [`far`saɪtɪd] *adj.*
⑥ 有散光 have <u>astigmatism</u>
   [ə`stɪgməˌtɪzəm]
⑦ 有老花 have <u>presbyopia</u> [ˌprɛzbɪ`opɪə]
⑧ 老花眼鏡 reading glasses
⑨ 鼻屎 mucus [`mjukəs] *n.*
⑩ 眼屎 eye discharge
⑪ 眼藥水 eye drops
⑫ 耳屎 earwax [`ɪrˌwæks] *n.*
⑬ 耳鳴 ringing (in the ear)
   例 My ears are ringing.

⑭ 耳鳴（學名）tinnitus [tɪ`naɪtəs] *n.*
⑮ 痰 phlegm [flɛm] *n.*
   * 吐痰 spit–spat–spat
⑯ 懷孕了 pregnant [`prɛgnənt] *adj.*
⑰ 小產／流產 miscarriage [mɪs`kærɪdʒ] *n.*
⑱ 墮胎 abortion [ə`bɔrʃən] *n.*
⑲ 抽筋 have a cramp
   例 have a leg cramp 腿抽筋
⑳ 陣痛 labor pain
㉑ 生母 <u>biological</u> mother [ˌbaɪə`ladʒɪkl]
   或 birth mother
㉒ 養父（領養關係）foster father
㉓ 繼父（母親改嫁）stepfather
   [`stɛpˌfaðə] *n.*

12 | 數字練習
Number Practice

 Shadowing 單句跟讀 ▶ **Track 029**

請仔細聆聽並一字一字地緊貼著跟讀。

1. **3525 元台幣**

   3 thousand 5 hundred and 25 NT

   讀者　shadow me ①　⇨　shadow me ②　⇨　shadow me ③

2. **2 萬 1390 元台幣**

   21 thousand and 3 hundred and 90 NT

   讀者　shadow me ①　⇨　shadow me ②　⇨　shadow me ③

3 **13 萬美金**

   Hundred and 30 thousand US dollars

   讀者　shadow me ①　⇨　shadow me ②　⇨　shadow me ③

4. **290 萬日幣**

   2 million and 9 hundred thousand Japanese yen

   讀者　shadow me ①　⇨　shadow me ②　⇨　shadow me ③

5. 24 萬 5 千人民幣

2 hundred and 45 thousand Chinese yuan

讀者 shadow me ① ⇨ shadow me ② ⇨ shadow me ③

6. 9600 萬人口

96 million people

讀者 shadow me ① ⇨ shadow me ② ⇨ shadow me ③

7. 1 億居民

1 hundred million residents

讀者 shadow me ① ⇨ shadow me ② ⇨ shadow me ③

8. 3 萬 6500 棵楓樹

36 thousand and 5 hundred maple trees

讀者 shadow me ① ⇨ shadow me ② ⇨ shadow me ③

9. 2 億 2 千萬台幣

2 hundred and 20 million NT

讀者 shadow me ① ⇨ shadow me ② ⇨ shadow me ③

10. 3 億 8630 萬港幣

3 hundred and 86 million and 3 hundred thousand Hong Kong dollars

讀者 shadow me ① ⇨ shadow me ② ⇨ shadow me ③

請跟著我說英文並模仿我的發音和語調，一邊在腦中「想」它的中文意思。

I've been told that Lady Gaga is NT$90 million in debt[1]. How could that be? She must make hundreds of millions per month! Not only is she a great singer, but she also has a lot of flashy[2] gimmicks[3]. Lots of young people like her style, which has made her over one billion fans[4].

P
A
R
T

1

【分解速度】 讀者 shadow me ① ⇨ shadow me ②

Notes

1. **debt** [dɛt] 債款 *n.*
2. **flashy** [ˈflæʃɪ] 浮華的 *adj.*
3. **gimmick** [ˈgɪmɪk] 花招；噱頭 *n.*
4. **fan** [fæn] 粉絲 *n.*

請各位盯著中文，耳聽英文，並和我「同步」譯為英文。

> 聽說女神卡卡負債 9000 萬台幣？怎麼可能？她一個月一定賺好幾億台幣呢！不過，她不但歌唱得好，又會搞怪，許多年輕人就喜歡她這個味兒。所以，她有十幾億的粉絲。

【正常速度】　讀者 shadow me ①　⇨　shadow me ②

◎ **連滴 擴充字彙庫**　關於學校 → 學校 School

① 同班同學 classmate [`klæs‚met] n.
② 同校同學 schoolmate [`skul‚met] n.
③ 室友 roommate [`rum‚met] n.
④ 玩伴 playmate [`ple‚met] n.
⑤ 心靈之友 soul mate
⑥ 小學 elementary school
⑦ 國中 junior high school
⑧ 高中 high school
⑨ 升學補習班 cram school
⑩ 語言補習班 language school
⑪ 校歌 school song
⑫ 註冊 register [`rɛdʒɪstə] v.
⑬ 學費 tuition [tju`ɪʃən] n.
⑭ 雜費 miscellaneous expenses [‚mɪsɪ`lenjəs]
⑮ 宿舍 dorm [dɔrm] n.
⑯ 體育館 gym [dʒɪm] n.
⑰ 佈告欄 bulletin board [`bulətɪn]

⑱ 自助餐廳 cafeteria [‚kæfə`tɪrɪə] n.
⑲ 黑板 chalkboard [`tʃɔk‚bɔrd] n.
⑳ 粉筆 chalk [tʃɔk] n.
㉑ 板擦；橡皮擦 eraser [ɪ`resə] n.
㉒ 課本 textbook [`tɛkst‚buk] n.
㉓ 報名 enroll [ɪn`rol] v.
㉔「選」課 "take" course
㉕「修」學分 "take" credits
㉖ 翹課 skip class
㉗ 旁聽 audit [`ɔdɪt] v.
㉘ 旁聽生 auditor [`ɔdɪtə] n.
㉙ 入學考試 entrance exam
㉚ 筆試 written test
㉛ 口試 oral test
㉜ 作弊 cheat [tʃit] v.
㉝ 當掉 flunk [flʌŋk] v.
㉞ 受老師喜愛的學生（有些嘲諷意味）
　 teacher's pet

13 | 求職（一）
Job Hunting 1

 **Shadowing 單句跟讀** **Track 032**

請仔細聆聽並一字一字地緊貼著跟讀。

1. 我明年將畢業，心中感到惶恐。

I'm going to graduate next year, and I fret.

讀者 shadow me ① ⇨ shadow me ② ⇨ shadow me ③

Notes

fret [frɛt] 擔心 v.

2. 你有四個選擇：出國留學、在國內深造、找工作、結婚。

You have four choices: study abroad, get further education in Taiwan, find a job, or get married.

讀者 shadow me ① ⇨ shadow me ② ⇨ shadow me ③

3. 我必須先服兵役。

I must fulfill my military service first.

讀者 shadow me ① ⇨ shadow me ② ⇨ shadow me ③

Notes

fulfill one's military service 服兵役

4. 你喜歡哪一種？陸軍？海軍？空軍？還是海軍陸戰隊？

Where would you like to go? The army, the navy, the air force, or the Marine Corps?

讀者 shadow me ① ⇨ shadow me ② ⇨ shadow me ③

Notes

army [`ɑrmɪ] 陸軍 *n.*    **navy** [`nevɪ] 海軍 *n.*   **air force** 空軍

5. 我不用當兵，我想先找工作。

I'm exempted from military service. I'll find a job first.

讀者 shadow me ① ⇨ shadow me ② ⇨ shadow me ③

6. 面試時，你必須把你的優點和所擅長的技能展現出來。

At the interview, you should display your merits and talents.

讀者 shadow me ① ⇨ shadow me ② ⇨ shadow me ③

Notes

merit [`mɛrɪt] 優點 *n.*    **talent** [`tælənt] 天賦；才能 *n.*

7. 然後要穿著得體，應答得體。

Then you should dress properly and speak properly.

讀者 shadow me ① ⇨ shadow me ② ⇨ shadow me ③

8. 你要看起來乾淨、友善、自信、可靠。

You should look clean, friendly, confident and reliable.

讀者 shadow me ① ⇨ shadow me ② ⇨ shadow me ③

請跟著我說英文並模仿我的發音和語調，一邊在腦中「想」它的中文意思。

Good morning. I graduated from the Electrical Engineering Department of Tamkang University in 2011. After completing my military service in the Coast Guard Bureau, I worked in the R&D Department of Taiwan Semiconductor. While TSC paid well, the workload[1] was extremely heavy and left no time for exercise or leisure[2]. That's why I decided to quit and apply for a job as a sales engineer in your company. I am pleasant, hard working, and specialize in 說出自己的長處 and 說出自己的長處. I guarantee that you won't regret hiring me!

【分解速度】 讀者 shadow me ① ⇨ shadow me ②

Notes

1. **workload** [ˋwɝkˌlod] 工作量 *n.*   2. **leisure** [ˋliʒɚ] 閒暇 *n.*

P
A
R
T

1

請各位盯著中文，耳聽英文，並和我「同步」譯爲英文。

您好。我 2011 年畢業於淡江大學電機系。我已經服完兵役，當時隸屬海巡署。之後我去「臺積電」上班，在研發部門工作。「臺積電」的待遇很好，但是因為工作太忙，沒有時間運動和休閒，所以我決定離開，來貴公司應徵業務工程師一職。我個性開朗、工作努力，而且我有 *說出自己的長處* 和 *說出自己的長處* 的專業。我保證，如果您雇用我，您不會後悔的！

【正常速度】 讀者 shadow me ① ⇒ shadow me ②

◎ **連濤 擴充字彙庫** 關於各式各樣的人 → 人 People (1)

① 開朗的 joyful [ˈdʒɔɪfəl] adj.
② 孝順的 filial [ˈfɪljəl] adj.
③ 心胸寬大的 broad-minded [ˈbrɔdˈmaɪndɪd] adj.
④ 小心眼的 narrow-minded [ˈnæroˈmaɪndɪd] adj.
⑤ 意志堅強的 strong-minded [ˈstrɔŋˈmaɪndɪd] adj.
⑥ 大方的 generous [ˈdʒɛnərəs] adj.
⑦ 歇斯底里的 hysterical [hɪsˈtɛrɪkl] adj.
⑧ 健忘的 forgetful [fəˈgɛtfəl] adj.
⑨ 果斷的 decisive [dɪˈsaɪsɪv] adj.
⑩ 猶豫不決的 hesitant [ˈhɛzətənt] adj.
⑪ 內向的 introverted [ˈɪntrəvɜtɪd] adj.
⑫ 外向的 extroverted [ˈɛkstroˈvɜtɪd] adj.
⑬ 有一點傻乎乎的 silly [ˈsɪlɪ] adj.
⑭ 笨的／蠢的 stupid [ˈstjupɪd] adj.
⑮ 愛生氣的 grouchy [ˈgraʊtʃɪ] adj.
⑯ 愛嘮叨的 naggy [ˈnægɪ] adj.
⑰ 全心投入的 dedicated [ˈdɛdəˌketɪd] adj.

14 | 上班時
At Work

 **Shadowing 單句跟讀** ▶ **Track 035**

請仔細聆聽並一字一字地緊貼著跟讀。

1. 我們公司有 **20 幾** 個人。

There are twenty-some people in my company.

> 讀者 shadow me ① ⇨ shadow me ② ⇨ shadow me ③

2. 我在銷售部門，我們的業務經理每天容光煥發。

I'm in the sales department, and our sales manager looks sanguine every day.

> 讀者 shadow me ① ⇨ shadow me ② ⇨ shadow me ③

Notes
sales department 銷售部；業務部
sanguine [ˋsæŋgwɪn] 氣色紅潤的；容光煥發的 *adj.*

3. **Billy** 是總經理，他喜歡從背後瞄看我們在做什麼。

Billy, the general manager, likes to look over our shoulders and see what we are doing.

> 讀者 shadow me ① ⇨ shadow me ② ⇨ shadow me ③

Notes
general manager 總經理   **look over one's shoulders** 暗地裡察看

4. Mary 是會計，她凡事都斤斤計較。

   Mary, the accountant, is calculative on everything.

5. Steve 是清潔工，他每天把地板和廁所清理地一塵不染。

   Steve, the janitor, cleans the floor and the bathroom until they are spotless.

   讀者 shadow me ①　⇨　shadow me ②　⇨　shadow me ③

6. Susan 是總機兼接待，她每天笑臉迎人。

   Susan, the operator and receptionist, smiles all the time.

   讀者 shadow me ①　⇨　shadow me ②　⇨　shadow me ③

7. 雖然我們有稍許的競爭，但是合作地很愉快。

   We are a happy team, even though there's slight competition among us.

8. 我不喜歡辦公室的八卦消息。

I dislike the office grapevines.

讀者 shadow me ① ⇨ shadow me ② ⇨ shadow me ③

Notes

grapevine [`grep.vaɪn] 小道消息；耳語（因為八卦好像葡萄藤一樣蔓延）*n.*

9. 我們應該尊重別人的隱私和看法。

We should respect other's privacy and perspectives.

讀者 shadow me ① ⇨ shadow me ② ⇨ shadow me ③

 Shadowing 段落跟讀 ▶ **Track 036**

請跟著我說英文並模仿我的發音和語調，一邊在腦中「想」它的中文意思。

Last year I found a pretty good job moonlighting at a convenience store. I took the night shift[1] on Monday, Wednesday, and Friday while someone else took the night shift on Tuesday, Thursday, and Saturday. We alternated[2] on Sunday. There was one full-time employee who worked during the day. I liked the job and had worked there for nearly a year.

【分解速度】 讀者 shadow me ① ⇨ shadow me ②

Notes

1. **night shift** 夜班　　2. **alternate** [`ɔltɚˌnɪt] 輪流 *v.*

請各位盯著中文，耳聽英文，並和我「同步」譯為英文。

我去年找了一個蠻好的打工工作，那是一家便利商店，我上一、三、五的夜班，另一位上二、四、六的夜班，禮拜天則輪流。有一位員工是全職的，他上白天班。我很喜歡這份工作，曾經在那兒做了快一年。

【正常速度】 讀者 shadow me ① ⇨ shadow me ②

◎ 連 漪 擴充字彙庫 關於工作 → 職業 Occupations (1)

① 木工 **carpenter** [`kɑrpəntə] *n.*
  * 木工技術 **carpentry** [`kɑrpəntrɪ] *n.*

② 電工 **electrician** [ˌɪlɛk`trɪʃən] *n.*

③ 水電工 **plumber** [`plʌmə] *n.*

④ 建築師 **architect** [`ɑrkəˌtɛkt] *n.*
  * 建築物 **architecture** [`ɑrkəˌtɛktʃə] *n.*

⑤ 油漆工／畫家 **painter** [`pentə] *n.*

⑥ 插畫家 **illustrator** [`ɪləsˌtretə] *n.*

⑦ 空服員 **flight attendant**

⑧ 空姐 **stewardess** [`stjuwədɪs] *n.*

⑨ 空少 **steward** [`stjuwəd] *n.*

⑩ 駕駛員 **pilot** [`paɪlət] *n.*

⑪ 副駕駛員 **copilot** [`koˌpaɪlət] *n.*

⑫ 消防員 **firefighter** [`faɪrˌfaɪtə] *n.*

⑬ 企業家 **entrepreneur** [ˌɑntrəprə`nɜ] *n.*
  * 企業 **enterprise** [`ɛntəˌpraɪz] *n.*

⑭ 翻譯者（筆譯）**translator** [træns`letə] *n.*

⑮ 口譯員 **interpreter** [ɪn`tɝprɪtə] *n.*

⑯ 白吃白喝者 **freeloader** [`friˌlodə] *n.*

⑰ 賺錢養家者 **bread earner**

15 | 3C 產品
The 3C Products

 Shadowing 單句跟讀 ▶ **Track 038**

現在請讀者眼看中文、手遮英文，跟著我練習同步口譯。

1. 所謂的 **3C** 產品是什麼東西？ ⎯同步口譯⎯▶ 英文

What are the so-called "3C products"?

> 讀者 shadow me ① ⇨ shadow me ② ⇨ shadow me ③

Notes

「問號」放在「引號」內還是外？
如果「引號」內本身就是一個句子，「問號」就在內，否則在「引號」之外。

2. 就是電腦、通訊產品，以及消費性電子產品。 ⎯同步口譯⎯▶ 英文

They are computer, communication and consumer electronics.

> 讀者 shadow me ① ⇨ shadow me ② ⇨ shadow me ③

3. 慘了！我的電腦又當機了！ ⎯同步口譯⎯▶ 英文

Oh, no! My computer crashed again.

> 讀者 shadow me ① ⇨ shadow me ② ⇨ shadow me ③

Notes

crash [kræʃ] 當機 *v.*

4. 我的手機正在充電。 同步口譯 ▸ 英文

My cell phone is being charged[※].

讀者 shadow me ① ⇨ shadow me ② ⇨ shadow me ③

Notes

※ 正在進行被動式：be being + p.p.

例 **The wall <u>is being painted</u>.** 這面牆正在被粉刷。

5. 高危險量的電磁波可能致癌。 同步口譯 ▸ 英文

Dangerous levels of electromagnetic radiation may cause cancer.

讀者 shadow me ① ⇨ shadow me ② ⇨ shadow me ③

Notes

electromagnetic radiation [ɪˋlɛktroˌmægˋnɛtɪkˏrediˋeʃən] 電磁波 *n.*

6. 我想買一個數位相機。 同步口譯 ▸ 英文

I would like to buy a digital camera.

讀者 shadow me ① ⇨ shadow me ② ⇨ shadow me ③

7. 你家的電視是幾吋的？ 同步口譯 ▸ 英文

提示 英文表達：你家電視多大？

How big is your TV?

讀者 shadow me ① ⇨ shadow me ② ⇨ shadow me ③

8. 我家是 **42** 吋的液晶電視。 同步口譯 ▸ 英文

We have a 42-inch LCD TV.

讀者 shadow me ① ⇨ shadow me ② ⇨ shadow me ③

9. 是什麼牌子？ 同步口譯 英文

What brand is it?

讀者 shadow me ① ⇨ shadow me ② ⇨ shadow me ③

10. 是索尼高畫質電視。 同步口譯 英文

It's a SONY high-definition TV.

讀者 shadow me ① ⇨ shadow me ② ⇨ shadow me ③

🎙 Shadowing 段落跟讀　▶ **Track 039**

請跟著我說英文並模仿我的發音和語調，一邊在腦中「想」它的中文意思。

I recently leased a furnished^1 suite^2 near my company. It came with a 32-inch high-definition LCD TV, a fan, a refrigerator, a washing machine, and of course an air conditioner. It takes only five minutes to walk from my suite to my office. It's very convenient.

【分解速度】 讀者 shadow me ① ⇨ shadow me ②

Notes

1. **furnished** [ˋfɜnɪʃt] 附家具的 *adj.*　2. **suite** [swit] 套房 *n.*

請各位盯著中文，耳聽英文，並和我「同步」譯爲英文。

> 我最近在公司附近找到一間附家具的套房，裡面有一台 32 吋的高
> 畫質液晶電視，電風扇、冰箱、洗衣機，當然，還有冷氣機。這裡
> 離公司走路才五分鐘，上下班很方便！

【正常速度】　讀者　shadow me ①　⇨　shadow me ②

◎連漪擴充字彙庫　關於工作 → 職業 Occupations (2)

① 作者 author [ˋɔθɚ] *n.*（專指某一篇文章或書籍的作者）
　例 He is the author of this book.

② 作家 writer [ˋraɪtɚ] *n.*（指「身份」、「職業」）　例 He is a famous writer.

③ 專欄作家 columnist [ˋkɑləmɪst] *n.*

④ 家教 tutor [ˋtjutɚ] *n./v.*
　例 She is my tutor. ／ I'm tutoring three children.

⑤ 業務員 sales representative
　[selz rɛprɪˋzɛntətɪv] *n.*

⑥ 藥劑師 pharmacist [ˋfɑrməsɪst] *n.*

⑦ 獸醫 vet [vɛt] *n.*

⑧ 小販 vendor [ˋvɛndɚ] *n.*

⑨ 批發商 wholesaler [ˋholˌselɚ] *n.*

⑩ 零售商 retailer [ˋritelɚ] *n.*

⑪ 運動員 athlete [ˋæθlit] *n.*

⑫ 主廚 chef [ʃɛf] *n.*

⑬ 算命師 fortune-teller [ˋfɔrtʃənˌtɛlɚ] *n.*

⑭ 銀行櫃檯員 bank teller

⑮ 警衛 security guard [sɪˋkjʊrətɪ]

⑯ 助手 assistant [əˋsɪstənt] *n.*

⑰ 分析師 analyst [ˋænḷɪst] *n.*

⑱ 會計師 accountant [əˋkauntənt] *n.*

⑲ 收銀員；出納 cashier [kæˋʃɪr] *n.*

⑳ 店員 salesperson [ˋselzˌpɝsṇ] *n.*

16 | 對毒品說不
Say "No!" to Drugs

 Shadowing 單句跟讀　 ▶ Track 041

眼看中文、手遮英文，跟著我練習同步口譯。

1. 我痛恨毒品！ _{同步口譯} ➔ 英文

I hate drugs!

> 讀者　shadow me ①　⇨　shadow me ②　⇨　shadow me ③

Notes

drug [drʌg] 藥品；毒品 *n.*

2. 搖頭丸是什麼東西啊？ _{同步口譯} ➔ 英文

What's MDMA?

> 讀者　shadow me ①　⇨　shadow me ②　⇨　shadow me ③

Notes

MDMA 搖頭丸

3. 它的別名是 "**XTC**"，就是英文「極度歡愉」的意思。 _{同步口譯} ➔ 英文

It's nicknamed XTC, which means "ecstasy."

> 讀者　shadow me ①　⇨　shadow me ②　⇨　shadow me ③

Notes

ecstasy [`ɛkstəsɪ] 狂喜 *n.*

4. 很多年輕人只為了好玩，就嘗試搖頭丸。 同步口譯 英文

Many young people try MDMA just for fun.

讀者 shadow me ① ⇨ shadow me ② ⇨ shadow me ③

5. 有些人還為了好奇而吃搖頭丸！ 同步口譯 英文

Some even try it just out of curiosity.

讀者 shadow me ① ⇨ shadow me ② ⇨ shadow me ③

Notes

curiosity [ˌkjʊrɪˋɑsətɪ] 好奇心 *n.*

6. 你沒聽過好奇心會要人命嗎？ 同步口譯 英文

提示 英文表達：好奇心殺死一隻貓。

Haven't you heard that "Curiosity kills the cat"?

讀者 shadow me ① ⇨ shadow me ② ⇨ shadow me ③

7. 毒品我連接近都不會！因為我愛自己。 同步口譯 英文

I won't even get close to drugs! I love myself.

讀者 shadow me ① ⇨ shadow me ② ⇨ shadow me ③

8. 你不怕被人笑老土？ 同步口譯 英文

You're not afraid of being called geeky?

讀者 shadow me ① ⇨ shadow me ② ⇨ shadow me ③

Notes

geeky [gikɪ] 土氣的 *adj.*　　**geek** [gik] 土包子 *n.*

9. 當然不！搖頭丸會影響情緒和睡眠。 同步口譯 ➔ 英文

Of course not! MDMA affects your mood and sleep.

讀者 shadow me ① ➔ shadow me ② ➔ shadow me ③

Notes

affect [əˋfɛkt] 影響 *v.*　　**mood** [mud] 心情；情緒 *n.*

10. 而且還會傷肝、傷腎！ 同步口譯 ➔ 英文

It also damages your liver and kidneys.

讀者 shadow me ① ➔ shadow me ② ➔ shadow me ③

Notes

liver [ˋlɪvə] 肝 *n.*　　**kidney** [ˋkɪdnɪ] 腎 *n.*

🎤 **Shadowing 段落跟讀**　　▶ **Track 042**

請跟著我說英文並模仿我的發音和語調，一邊在腦中「想」它的中文意思。

I have a good friend who took amphetamines just for kicks[1]! He became very hyper[2] and started experiencing memory loss along with liver and kidney damage. Now he must take dialysis[3] three times a week. How miserable!

【分解速度】 讀者 shadow me ① ➔ shadow me ②

Notes

1. **kick** [kɪk] 提神 *n.*　　2. **hyper** [ˋhaɪpə] 亢奮的 *adj.*　　3. **dialysis** [daɪˋæləsɪs] 洗腎 *n.*

請各位盯著中文，耳聽英文，並和我「同步」譯為英文。

> 我有一個好朋友，他為了提神，居然吃安非它命！結果，他變得很
> 亢奮、記憶力開始減低，而且肝臟和腎臟都壞掉了，現在一個禮拜
> 要洗三次腎呢。真是太慘了！

【正常速度】 讀者 shadow me ① ⇨ shadow me ②

◎ 連 瀦 **擴充字彙庫** 關於專業領域 → 法律 Law (1)

① 重罪 **felony** [ˋfɛlənɪ] *n.*

② 小罪 **misdemeanor** [ˌmɪsdɪˋminə] *n.*

③ 竊賊 **burglar** [ˋbɝglə] *n.*

④ 闖空門 **burglary** [ˋbɝglərɪ] *n.*

⑤ 行竊 **burglarize** [ˋbɝgləˌraɪz] *v.*

⑥ 店內偷竊 **shoplifting** [ˋʃɑpˌlɪftɪŋ] *n.*

⑦ 順手牽羊者 **shoplifter** [ˋʃɑpˌlɪftə] *n.*

⑧ 順手牽羊 **shoplift** [ˋʃɑpˌlɪft] *v.*

⑨ 行為不檢 **misbehavior** [ˌmɪsbɪˋhevjə] *n.*

⑩ 罪犯 **criminal** [ˋkrɪmənl] *n.*

⑪ 逃犯 **fugitive** [ˋfjudʒətɪv] *n.*

⑫ 累犯 **repeat offender** [əˋfɛndə]

⑬ 少年犯 **juvenile delinquent**
　　[ˋdʒuvənl dɪˋlɪŋkwənt] *n.*

⑭ 嫌犯 **suspect** [ˋsəspɛkt] *n.*

⑮ 囚犯 **prisoner** [ˋprɪzn̩ə] *n.*

⑯ 犯罪集團 **crime ring** [kraɪm]

⑰ 線民 **informant** [ɪnˋfɔrmənt] *n.*

⑱ 幫派 **gang** [gæŋ] *n.*

⑲ 幫派份子 **gangster** [ˋgæŋstə] *n.*

⑳ 法律漏洞 **legal loophole** [ˋlupˌhol]

㉑ 黑吃黑 **double-cross** [ˋdʌblˋkrɔs] *n./v.*

㉒ 綁架 **kidnap** [ˋkɪdnæp] *n./v.*

㉓ 贖金 **ransom** [ˋrænsəm] *n.*

㉔「犯」下罪行 **commit** [kəˋmɪt] *v.*

㉕ 自殺炸彈 **suicide bomb** [ˋsuəˌsaɪd]

㉖ 自殺炸彈客 **suicide bomber**

㉗ 挾持 **hijack** [ˋhaɪˌdʒæk] *v./n.*

㉘ 人質 **hostage** [ˋhɑstɪdʒ] *n.*

㉙ 搶劫 **rob** [rɑb] *v.*

㉚ 搶劫 **robbery** [ˋrɑbərɪ] *n.*

㉛ 走私 **smuggle** [ˋsmʌgl̩] *v./n.*

17 | 士林夜市
The Shilin Night Market

 **Shadowing 單句跟讀**　▶ **Track 044**

眼看中文、手遮英文，跟著我練習同步口譯。

1 下班後一起去逛街吧！我要買一些飾品。 英文

Let's go shopping after work! I need to buy some accessories.

> Notes
> **after work** 下班後　　**accessory** [æk`sɛsərɪ] 飾品；配件 *n.*

2. 那我們就去士林夜市吧！ 同步口譯 英文

Why don't we go to the Shilin Night Market?

讀者 shadow me ① ⇨ shadow me ② ⇨ shadow me ③

3. 好啊！我很想念那裡的珍珠奶茶和蚵仔煎。 同步口譯 英文

Sure. I miss their bubble tea and oyster omelettes.

> Notes
> **bubble tea** 珍珠奶茶　　**oyster omelette** [`ɑmlɪt] 蚵仔煎

4. 尤其是珍珠，又 **Q** 又滑順！ 同步口譯 英文

Especially the pearls, which are chewy and smooth!

讀者 shadow me ① ⇨ shadow me ② ⇨ shadow me ③

5. 我也喜歡那裡的臭豆腐和炸雞排。 同步口譯 英文

I also like their smelly tofu and fried chicken steak.

讀者 shadow me ① ⇨ shadow me ② ⇨ shadow me ③

Notes

smelly tofu 臭豆腐　　fried chicken steak 炸雞排

6. 煎炸的東西盡量不要吃，高卡又致癌。 同步口譯 英文

Stay away from fried stuff, which is high-calorie and carcinogenic.

讀者 shadow me ① ⇨ shadow me ② ⇨ shadow me ③

Notes

carcinogenic [ˌkɑrsənəˋdʒɛnɪk] 致癌的 *adj.*

7. 我要買一條牛仔褲和一件牛仔夾克。 同步口譯 英文

I'm going to buy a pair of jeans and a denim jacket.

讀者 shadow me ① ⇨ shadow me ② ⇨ shadow me ③

8. 不知道那裡可不可以刷卡？ 同步口譯 英文

I wonder if they accept credit cards?

讀者 shadow me ① ⇨ shadow me ② ⇨ shadow me ③

9. 一般來說，不行。他們只接受現金。 英文

Usually not. They only accept cash.

讀者 shadow me ① ⇨ shadow me ② ⇨ shadow me ③

10. 那我等一下先去提款機領一些錢出來。 同步口譯 英文

Then I'll withdraw some money from the ATM first.

讀者 shadow me ① ⇨ shadow me ② ⇨ shadow me ③

Notes

withdraw [wɪðˋdrɔ] 提款 *v.*　　**withdrawal** [wɪðˋdrɔəl] 提款 *n.*
ATM: automated teller machine 自動櫃員機

🎙 **Shadowing 段落跟讀**　▶ **Track 045**

請跟著我說英文並模仿我的發音和語調，一邊在腦中「想」它的中文意思。

The Shilin Night Market is a world renowned[1] place where lots of locals[2] and tourists go to eat and shop. The snacks there are fantastic! The oyster omelettes, small crispy pie in big chewy pies, oyster soup, smelly tofu, clam soup, and grilled sausages are all mouth watering!

【分解速度】 讀者 shadow me ① ⇨ shadow me ②

Notes

1. **renowned** [rɪˋnaʊnd] 知名的 *adj.*　　2. **local** [ˋlokl̩] 本地人 / 本地的 *n./adj.*

請各位盯著中文，耳聽英文，並和我「同步」譯為英文。

> 士林夜市是一個國際知名的地方，許多本地人和觀光客都會去那裡
>
> 吃吃、逛逛。那裡的小吃簡直美味透頂了！蚵仔煎、大餅包小餅、
>
> 蚵仔湯、臭豆腐、蛤仔湯、烤香腸……我口水都流出來了！

【正常速度】 讀者 shadow me ① ⇨ shadow me ②

◎ **連 猴 擴充字彙庫** 關於裝扮 → 服裝 Clothing

① 高領衫 **turtleneck** [`tɝtḷ͵nɛk] *n.*

② 套頭衫 **pullover** [`pʊ͵lovə] *n.*

③ 開襟罩衫 **cardigan** [`kɑrdɪgən] *n.*

④ 毛衣 **sweater** [`swɛtə] *n.*

⑤ 內衣 **underwear** [`ʌndə͵wɛr] *n.*

⑥ 胸罩 **bra** [brɑ] *n.*

⑦ 男內褲（三角）**briefs** [brifs] *n.*

⑧ 男內褲（四角）**boxers** [`bɑksəz] *n.*

⑨ 女內褲 **panties** [`pæntɪz] *n.*

⑩ 褲襪 **pantyhose** [`pæntɪ͵hoz] *n.*

⑪ 絲襪 **stocking**(s) [`stɑkɪŋ] *n.*

⑫ 短襪 **sock**(s) [sɑk] *n.*

⑬ 外出短褲 **shorts** [ʃɔrts] *n.*

⑭ 長褲 **pants** [pænts] *n.*

⑮ 女襯衫 **blouse** [blaʊz] *n.*

⑯ 男襯衫 **shirt** [ʃɝt] *n.*
　* 把襯衫扣好 Button your shirt.

⑰ 拉鍊 **zipper** [`zɪpə] *n.*
　* 把拉鍊拉好 zip [zɪp] *v.*

⑱ 背心 **vest** [vɛst] *n.*
　* 裡外穿反了 inside out
　例 Your vest is inside out.

18 | 各種性格
Characters

🎤 **Shadowing 單句跟讀** ▶ **Track 047**

眼看中文、手遮英文，跟著我練習同步口譯。

1. 她很男孩子氣，但是善解人意。 英文

   She is a tomboy, but quite understanding.

   讀者 shadow me ① ⇨ shadow me ② ⇨ shadow me ③

2. 他很娘娘腔，但是肌肉很發達。 同步口譯 英文

   He is sissy, but quite stout.

   讀者 shadow me ① ⇨ shadow me ② ⇨ shadow me ③

3. 我們的老師要求很高又很嚴苛。 同步口譯 英文

   Our teacher is very demanding and strict.

   讀者 shadow me ① ⇨ shadow me ② ⇨ shadow me ③

4. 你是家裡的害群之馬。 同步口譯 英文

   You are the black sheep of the family.

   讀者 shadow me ① ⇨ shadow me ② ⇨ shadow me ③

   Notes

   black sheep 害群之馬；敗類

5. 他真令人傷腦筋。 同步口譯 英文

He is like a pain in the neck.

讀者 shadow me ① ⇨ shadow me ② ⇨ shadow me ③

Notes
pain in the neck 惹人討厭的人或事

6. 她是大嘴巴，又喜歡管人閒事。 同步口譯 英文

She has a big mouth and likes to meddle in people's business.

讀者 shadow me ① ⇨ shadow me ② ⇨ shadow me ③

Notes
meddle [`mɛdl] 管閒事 *v.*

7. 他們白吃白喝了好幾年。 同步口譯 英文

They have been freeloaders for years.

讀者 shadow me ① ⇨ shadow me ② ⇨ shadow me ③

請跟著我說英文並模仿我的發音和語調，一邊在腦中「想」它的中文意思。

I have many friends who are all different from one another. Some are simple-minded[1], some are sophisticated[2]. Some are articulate[3] and some are inarticulate. Some are well-behaved and some are rebellious. Some are hypocritical[4] and some are sincere[5]. Some are childish[6] and some are mature[7].

【分解速度】　讀者　shadow me ①　⇨　shadow me ②

Notes

1. **simple-minded** [`sɪmpl`maɪndɪd] 純樸的 *adj.*
2. **sophisticated** [sə`fɪstɪˌketɪd] 世故的 *adj.*
3. **articulate** [ɑr`tɪkjəlɪt] 口才好的 *adj.*
4. **hypocritical** [ˌhɪpə`krɪtɪkl] 虛偽的 *adj.*
5. **sincere** [sɪn`sɪr] 真誠的 *adj.*
6. **childish** [`tʃaɪldɪʃ] 孩子氣的；幼稚的 *adj.*
7. **mature** [mə`tjʊr] 成熟的 *adj.*

請各位盯著中文，耳聽英文，並和我「同步」譯為英文。

> 我有許多朋友，他們各有不同：有些人很單純，有些人很世故；有些人伶牙俐齒，有些人很木訥；有些人很乖，有些人很叛逆；有些人很虛偽做作，有些人很誠懇；有些人很幼稚，有些人則很成熟。

【正常速度】　讀者 shadow me ① ⇨ shadow me ②

◎ 連 濁 **擴充字彙庫**　關於各式各樣的人 → 人 People (2)

① 知己 <u>bosom</u> friend [ˋbʊzəm]

② 陰險的 sly [slaɪ] *adj.*

③ 自大的 arrogant [ˋærəgənt] *adj.*

④ 小氣的 stingy [ˋstɪndʒɪ] *adj.*

⑤ 大方的 generous [ˋdʒɛnərəs] *adj.*

⑥ 浪費的 wasteful [ˋwestfəl] *adj.*

⑦ 油腔滑調的 <u>glib</u>-talking [glɪb] *adj.*

⑧ 油腔滑調的人 glib talker

⑨ 感到自卑 feel <u>inferior</u> [ɪnˋfɪrɪə]

⑩ 自卑感 inferiority complex [ɪnfɪrɪˋarətɪ] [ˋkamplɛks]

⑪ 優越感 superiority complex [səˌpɪrɪˋɔrətɪ] [ˋkamplɛks]

⑫ 娘娘腔的 sissy [ˋsɪsɪ] *adj.*

⑬ 像男孩的女孩子 tomboy

⑭ 男同志 gay [ge] *n.*

⑮ 女同志 lesbian [ˋlɛzbɪən] *n.*

⑯ 異性戀的 straight [stret] *adj.*

⑰ 雙性戀的 bisexual [baɪˋsɛkʃuəl] *adj.*

⑱ 同性戀的 homosexual [ˌhoməˋsɛkʃuəl] *adj.*

⑲ 同性戀 homosexuality [ˌhoməsɛkʃuˋælətɪ] *n.*

⑳ 異性戀 heterosexuality [ˌhɛtərəsɛkʃuˋælətɪ] *n.*

19 | 在街上
In the Street

 Shadowing **單句**跟讀　▶ **Track 050**

眼看中文、手遮英文，跟著我練習同步口譯。

1. 你有看到左邊那個交通標誌嗎？同步口譯→英文

Do you see the traffic sign on the left?

讀者 shadow me ① ⇨ shadow me ② ⇨ shadow me ③

2. 上面寫除了巴士以外，早上 **7** 點到 **9** 點不可左轉。同步口譯→英文

It says "No left turn from 7:00-9:00 A.M. except for buses."

讀者 shadow me ① ⇨ shadow me ② ⇨ shadow me ③

3. 這個「禁止迴轉」的牌子真不該放在這兒。同步口譯→英文

This "No U-turn" sign shouldn't be here.

讀者 shadow me ① ⇨ shadow me ② ⇨ shadow me ③

4. 要不要我送你一程？我正好在回家的路上。同步口譯→英文

Do you need a ride? I'm on the way home.

讀者 shadow me ① ⇨ shadow me ② ⇨ shadow me ③

Notes
on the way 在途中

5. 現在是交通尖峰時間,所以塞車。 同步口譯 英文

There's a traffic jam because it's rush hour now.

讀者 shadow me ① ⇨ shadow me ② ⇨ shadow me ③

6. 行人正在快速過馬路。 同步口譯 英文

The pedestrians are quickly crossing the street now.

讀者 shadow me ① ⇨ shadow me ② ⇨ shadow me ③

7. 紅線代表不能停車,更不用說並排停車了! 同步口譯 英文

The red line means no parking, let alone double parking!

讀者 shadow me ① ⇨ shadow me ② ⇨ shadow me ③

Notes

let alone 甭提　　**double parking** 並排停車

8. 那個人行道上有一隻狗在蹓躂。 同步口譯 英文

There's a dog strolling on the sidewalk.

讀者 shadow me ① ⇨ shadow me ② ⇨ shadow me ③

Notes

stroll [strol] 蹓躂 v.　　**sidewalk** [`saɪd.wɔk] 人行道 n.

9. 你穿過三個十字路口,就到了! 同步口譯 英文

You'll get there after you cross three intersections.

讀者 shadow me ① ⇨ shadow me ② ⇨ shadow me ③

Notes

intersection [ˌɪntə`sɛkʃən] 十字路口 n.

10. 靠邊停，我要下車。 同步口譯 ➔ 英文

Pull over and let me get out.

讀者 shadow me ① ⇨ shadow me ② ⇨ shadow me ③

Notes

pull over 靠邊停

從「汽車」下來是 "get out of" the car；若是下「巴士」，則是 "get off" the bus。

 Shadowing 段落跟讀 ▶ **Track 051**

請跟著我說英文並模仿我的發音和語調，一邊在腦中「想」它的中文意思。

Please allow me to describe a street near my home. There are many trees lining the sidewalk. I think they are maple[1] trees. In the middle of the street there is a safety island[2]. Adjacent to[3] the safety island there is a zebra-striped crosswalk. Every evening, many people take a walk on the sidewalk. We have very special streetlights, too. They are shaped like sea gulls[4]!

【分解速度】 讀者 shadow me ① ⇨ shadow me ②

Notes

1. **maple** [`mepl] 楓樹 n.
2. **safety island** [`aɪlənd] 安全島
3. **adjacent to** [ə`dʒesənt] 緊鄰著
4. **sea gull** [gʌl] 海鷗

請各位盯著中文，耳聽英文，並和我「同步」譯為英文。

> 我來描述我家附近的一條馬路。街道旁有許多行道樹，我想大概是楓樹吧。馬路中央有一個安全島，緊接著安全島的旁邊就是斑馬線。每天傍晚有許多人在人行道上散步。我們的路燈也很特別，是海鷗形狀！

【正常速度】　讀者 shadow me ①　⇨　shadow me ②

◎ 連 濁 擴充字彙庫　關於生活 → 交通 Traffic

① 紅綠燈 **traffic lights**

② 單行道 **one-way street**

③ 行道樹 **shade tree**

④ 行人穿越道 / 斑馬線 **crosswalk** [`krɔs.wɔk] *n.*

⑤ 酒駕 **drunk driving**

⑥ 撞車 **collide** [kə`laɪd] *v.*

⑦ 撞車 **collision** [kə`lɪʒən] *n.*

⑧ 車禍 **car accident** [`æksədənt]

⑨ 安全氣囊 **air bag**

⑩ 賠償 **compensate** [`kampən.set] *v.*

⑪ 賠償 **compensation** [`kampən`seʃən] *n.*

⑫ 談判 **negotiate** [nɪ`goʃɪet] *v.*

⑬ 妥協 **compromise** [`kamprə.maɪz] *v./n.*

⑭ 駕照 **driver's license** [`laɪsn̩s]

⑮ 牌照 **license plate**

⑯ 拖走 **tow** [to] *n./v.*

20 | 在銀行
At the Bank

 Shadowing 單句跟讀 ▶ **Track 053**

眼看中文、手遮英文，跟著我練習同步口譯。

1. 我家附近有好幾家銀行。 同步口譯 英文

There are quite a few banks in our neighborhood.

讀者 shadow me ① ⇨ shadow me ② ⇨ shadow me ③

Notes
neighborhood [ˋnebɚˏhud] 住家附近 *n.*

2. 銀行 通常 是早上九點 開門，下午三點半 關門。 同步口譯 英文
　　①　　②　　　　　④　　　　③　　　　　⑥　　　　⑤

<u>**Banks usually open at 9:00 A.M. and close at 3:30 P.M.**</u>
　①　　　②　　　③　　　④　　　　　⑤　　　　　⑥

讀者 shadow me ① ⇨ shadow me ② ⇨ shadow me ③

3. 我每個禮拜去銀行兩三次，所以全部行員都認識。 同步口譯 英文

I go to the bank two to three times a week, so I know all the bank tellers.

讀者 shadow me ① ⇨ shadow me ② ⇨ shadow me ③

Notes
two to three times 兩三次

4. 我想開一個支票戶頭和一個存款戶頭。 同步口譯 → 英文

I would like to open a checking account and a savings account.

讀者 shadow me ① ⇨ shadow me ② ⇨ shadow me ③

5. 這個提款機故障了，我的卡被吃掉了。 同步口譯 → 英文

This ATM is broken and my card is stuck in it.

讀者 shadow me ① ⇨ shadow me ② ⇨ shadow me ③

Notes

卡住 stick–stuck–stuck

6. 我想匯 5000 元台幣給 Billy。 同步口譯 → 英文

I would like to wire NT$5,000 to Billy.

讀者 shadow me ① ⇨ shadow me ② ⇨ shadow me ③

7. 理財專員通常都穿得很體面。 同步口譯 → 英文

Money management specialists are usually well-dressed.

讀者 shadow me ① ⇨ shadow me ② ⇨ shadow me ③

8. 我的共同基金賠了差不多 200 萬元。 同步口譯 → 英文

I lost nearly NT$2 million on mutual funds.

讀者 shadow me ① ⇨ shadow me ② ⇨ shadow me ③

Notes

lose [luz] 損失金錢；喪失 v.　　**mutual fund** 共同基金

9. 這一家銀行的（存款）利率比那一家高。

This bank offers a better interest rate than that bank does.

讀者 shadow me ① ⇨ shadow me ② ⇨ shadow me ③

Notes

interest rate 利率

🎤 Shadowing 段落跟讀　▶ Track 054

請跟著我說英文並模仿我的發音和語調，一邊在腦中「想」它的中文意思。

All kinds of banks can be found lining the streets. They all have dazzling entrances[1] and are comfortably air-conditioned[2] inside. The bank tellers are all polite, and every money management specialist wears a smile. The latest newspapers and magazines are all ready to be read. All these things make it enjoyable for a customer to walk in their bank.

【分解速度】 讀者 shadow me ① ⇨ shadow me ②

Notes

1. **entrance** [ˋɛntrəns] 入口 *n.*
2. **air-conditioned** [ˋɛrkənˌdɪʃənd] 備有空調裝置的 *adj.*

請各位盯著中文，耳聽英文，並和我「同步」譯為英文。

> 我們在馬路上可以看到各家銀行，他們的門面都很光鮮亮麗，裡面空調開得舒舒服服地，每一位櫃員都很有禮貌，理財專員更是笑容可掬，架上並擺放了當日的報紙和最新的雜誌，讓顧客樂於上門。

【正常速度】 讀者 shadow me ① ➪ shadow me ②

◎ 連 獼 擴充字彙庫 ┤關於生活 → 動物 Animals ├

① 石虎 <u>leopard</u> cat [ˋlɛpəd]

② 山貓 lynx [lɪŋks] *n.*

③ 波斯貓 <u>Persian</u> cat [ˋpɝʒən]

④ 駱駝 camel [ˋkæml] *n.*

⑤ 羊駝（草泥馬）alpaca [ælˋpækə] *n.*

⑥ 台灣黑熊 Formosan black bear

⑦ 北極熊 polar bear

⑧ 無尾熊 koala [koˋɑlə] *n.*

⑨ 貓熊 panda [ˋpændə] *n.*

⑩ 公山羊 he-goat [ˋhiˏgot] *n.*

⑪ 母山羊 she-goat [ˋʃiˏgot] *n.*

⑫ 綿羊 sheep [ʃip] *n.*

⑬ 小羊 lamb [læm] *n.*

⑭ 羚羊 antelope [ˋæntlop] *n.*

⑮ 企鵝 penguin [ˋpɛngwɪn] *n.*

⑯ 海豚 dolphin [ˋdɑlfɪn] *n.*

⑰ 殺人鯨 killer whale

⑱ 水母 jellyfish [ˋdʒɛlɪˏfɪʃ] *n.*

⑲ 水獺 otter [ˋɑtə] *n.*

⑳ 河馬 hippopotamus [ˏhɪpəˋpɑtəməs] *n.*（或簡稱 hippo）

㉑ 犀牛 rhino [ˋraɪno] *n.*

㉒ 蝌蚪 tadpole [ˋtædˏpol] *n.*

㉓ 癩蛤蟆 toad [tod] *n.*

㉔ 毒蛇 <u>venomous</u> snake [ˋvɛnəməs]
　* 蛇的毒液 venom [ˋvɛnəm] *n.*

㉕ 蜥蜴 lizard [ˋlɪzəd] *n.*

㉖ 穿山甲 pangolin [pæŋˋgolɪn] *n.*

㉗ 變色龍 chameleon [kəˋmiljən] *n.*

㉘ 鱷魚 crocodile [ˋkrɑkəˏdaɪl] *n.*

Part 2

跟説 ➕ 同步口譯

Advanced

21 | 皮膚
Skin

　　從本課起，請讀者開始練習難度較高的「跟說」訓練。在「單句跟說」部分，僅列出中文句子，讀者必須仔細聆聽 CD，眼看中文、腦思英文，並從第一個字就緊貼著郭老師的聲音朗讀出聲。

↑ Shadowing 單句跟說　　▶ **Track 056**

不要等我說完再 repeat，也不要先看英文；眼看中文，腦中想著句子結構。

1. 這顆青春痘　　還　　沒熟。
　　　　　　　　時間放句尾

讀者 shadow me ① ⇨ shadow me ② ⇨ shadow me ③

Notes

成熟的 **ripe** [raɪp] *adj.*

2. 我　　早上　　在青春痘上　擦了一些藥膏。
　　① 　④ 再說時間　③ 先說地方　　②

讀者 shadow me ① ⇨ shadow me ② ⇨ shadow me ③

Notes

藥膏 **ointment** [ˋɔɪntmɪnt] *n.*

3. 讓我幫你把膿擠出來。

讀者 shadow me ① ⇨ shadow me ② ⇨ shadow me ③

Notes

膿 **pus** [pʌs] *n.*

4. 給我一點酒精和面紙好嗎？

讀者 shadow me ① ⇒ shadow me ② ⇒ shadow me ③

Notes

酒精 alcohol [`ælkə͵hɔl] *n.*　　面紙 tissue [`tɪʃʊ] *n.*

5. 你多久沒洗臉啦？

提示 英文表達：你　　上次何時　　洗臉？
　　　　　　　 ②　　 ① 先說疑問詞　 ③

讀者 shadow me ① ⇒ shadow me ② ⇒ shadow me ③

6. 你們多久沒見面了？

提示 英文表達：你們　 上次是何時　 見面的？
　　　　　　　 ②　　 ① 疑問詞　　　 ③

讀者 shadow me ① ⇒ shadow me ② ⇒ shadow me ③

7. 我不喜歡　 人中上　 的那顆痣。
　　　　　　　地點放句子後面

讀者 shadow me ① ⇒ shadow me ② ⇒ shadow me ③

Notes

人中 philtrum [`fɪltrəm] *n.*

8. 你的眼睛　 為什麼　 腫腫泡泡的？
　　　　　　 疑問詞放最前面

讀者 shadow me ① ⇒ shadow me ② ⇒ shadow me ③

Notes

浮腫的眼睛 puffy eyes

① This pimple is not ripe yet.

② I put some ointment on my pimple this morning.

③ Let me squeeze the pus out for you.

④ Could you pass me some alcohol and a tissue?

⑤ When was the last time you washed your face?

⑥ When was the last time you saw each other?

⑦ I don't like the mole on my philtrum.

⑧ Why are your eyes puffy?

🎙 **Shadowing 段落跟說**　▶ **Track 057**

請跟著我說英文，並模仿我的發音和語調，一邊在腦中「想」它的中文意思。

> When I looked into the mirror[1] this morning, I saw a big pimple on my nasal tip. I squeezed it until pus came out, but it was accompanied by some tears[2][3] as well!

【分解速度】　讀者　shadow me ①　⇨　shadow me ②

Notes
1. **look into mirror** [`mɪrə] 照鏡子　　2. **tear** [tɪr] 眼淚 *n.*
3. **tear** [tɛr] 撕 *v.*　※ **tear–tore–torn**

請各位盯著中文，耳聽英文，並和我「同步」譯為英文。

今天早上，**當我照鏡子的時候**，發現鼻頭上長了顆大青春痘。我就
　　　　　　時間子句
擠它，直到膿出來了為止，但是我的眼淚也流出來了！

提示 時間子句可放句前、句中或句後。

【正常速度】 讀者 shadow me ① ⇨ shadow me ②

◎ **連猜 擴充字彙庫** **關於生活 → 植物 Plants**

① 百合花 **lily** [`lɪlɪ] _n._ 複 lilies
② 荷花 **water lily** [`wɔtə`lɪlɪ] _n._
③ 蓮花 **lotus** [`lotəs] _n._
④ 蓮子 **lotus seed**(s) [sid]
⑤ 蓮藕 **lotus root**(s) [rut]
⑥ 浮萍 **duckweed**(s) [`dʌk͵wid] _n._
⑦ 花瓣 **petal**(s) [`pɛtl] _n._
⑧ 花粉 **pollen** [`pɑlən] _n._
⑨ 花苞 **bud** [bʌd] _n._
⑩ 玫瑰 **rose** [roz] _n._
⑪ 雛菊 **daisy** [`dezɪ] _n._
⑫ 山茶花 **camellia** [kə`mɪljə] _n._
⑬ 玉蘭花 **magnolia** [mæg`nolɪə] _n._

⑭ 茉莉花 **jasmine** [`dʒæsmɪn] _n._
⑮ 香片（茶葉）**jasmine tea**
⑯ 鬱金香 **tulip** [`tjuləp] _n._
⑰ 向日葵 **sunflower**(s) [`sʌn͵flauə] _n._
⑱ 蒲公英 **dandelion**(s) [`dændɪ͵laɪən] _n._
⑲ 椰子樹 **coconut tree** [`kokə͵nət]
⑳ 棕櫚樹 **palm tree** [pɑm]
㉑ 柳樹 **willow** [`wɪlo] _n._
㉒ 桑樹 **mulberry tree** [`mʌl͵bɛrɪ]
㉓ 楓葉 **maple leaf** 複 leaves
㉔ 康乃馨 **carnation** [kɑr`neʃən] _n._
㉕ 仙人掌 單 **cactus** [`kæktəs] _n._
　　 複 **cacti** [k`æktaɪ] _n._

22 | 化妝品
Cosmetics

 **Shadowing 單句跟說**　▶ **Track 059**

不要等我說完再 repeat，也不要先看英文；眼看中文，腦中想著句子結構。

1. 「山越百貨」現在正在舉辦化妝品大拍賣！

讀者　shadow me ①　⇨　shadow me ②　⇨　shadow me ③

Notes

化妝品 **cosmetics** [kɑz`mɛstɪks] *n.*

2. 我的粉底液和睫毛膏剛好用完了！

讀者　shadow me ①　⇨　shadow me ②　⇨　shadow me ③

Notes

粉底 **foundation** [faʊn`deʃən] *n.*　　睫毛膏 **mascara** [mæs`kærə] *n.*

3. 聽說歐蕾的產品不錯，好用又不貴！

讀者　shadow me ①　⇨　shadow me ②　⇨　shadow me ③

4. 我要買化妝水、面霜、**SPF40** 的防曬乳液。

讀者　shadow me ①　⇨　shadow me ②　⇨　shadow me ③

Notes

化妝水 **toner** [`tonə] *n.*　　防曬品 **sunblock** [`sʌnblɑk] 或 **sunscreen** [`sʌn.skrin] *n.*

5. 我受不了擦防曬品，臉上感覺好像戴了一層面具。

讀者 shadow me ① ➾ shadow me ② ➾ shadow me ③

6. 我以前兩個禮拜做一次臉。

讀者 shadow me ① ➾ shadow me ② ➾ shadow me ③

Notes

做臉 **facial** [ˋfeʃəl] *n.*　　兩個禮拜一次 **once every other week**

7. 這支口紅的顏色太淡了，我想要酒紅色。

讀者 shadow me ① ➾ shadow me ② ➾ shadow me ③

Notes

口紅 **lipstick** [ˋlɪpˌstɪk] *n.*　　酒紅色 **burgundy** [ˋbɜgəndɪ] *n.*

8. 我冬天如果不擦護唇膏，嘴唇會裂開。

讀者 shadow me ① ➾ shadow me ② ➾ shadow me ③

Notes

護唇膏 **lip balm** [bɑm]（形狀不拘）或 **chap stick**（棍狀）
皮膚乾裂的 **chapped** [tʃæpt] *adj.*

9. 眼睛一畫上眼線、戴上假睫毛，就大了一倍！

讀者 shadow me ① ➾ shadow me ② ➾ shadow me ③

Notes

眼線筆 **eyeliner** [ˋaɪˌlaɪnɚ] *n.*　　假睫毛 **false eyelashes** [fɔls]

① The Yamakoshi Department Store is having a big sale on cosmetics.

② I just ran out of foundation and mascara.

③ I've heard that OLAY products are good for their qualities and prices.

④ I would like to buy some toner, face cream and SPF 40 sunblock lotion.

⑤ I can't put up with sunscreen; it makes me feel like I'm wearing a mask.

⑥ I used to have a facial once every other week.

⑦ This lipstick is too light. I'm looking for burgundy.

⑧ My lips chap in winter if I don't wear lip balm.

⑨ Eyes will look twice as big once you put on eyeliner and false eyelashes.

🎤 **Shadowing 段落跟說** ▶ **Track 060**

請跟著我說英文，並模仿我的發音和語調，一邊在腦中「想」它的中文意思。

All girls want to be beautiful, but beauty comes at a price—for example, in order to maintain a good figure[1], we can't just eat whatever we want. In order to have good skin, we must avoid fried foods. To give our skin a beautiful color, we put on foundation and blush. To make our eyes attractive, we put on eyeliner, eye shadow, and even wear false eyelashes. Finally, to achieve a sparkling[2] smile, we must whiten[3] our teeth.

【分解速度】 讀者 shadow me ① ⇨ shadow me ②

Notes

1. **figure** [ˈfɪgjɚ] 身材 *n.*   2. **sparkling** [ˈspɑrklɪŋ] 燦爛的 *adj.*
3. **whiten** [ˈhwaɪtn̩] 美白 *v.*

請各位盯著中文，耳聽英文，並和我「同步」譯為英文。

> 女孩子都愛美，但是美麗是要付出代價的。例如，為了維持好身
> 材，吃東西要很有節制；為了皮膚好，要避免吃油炸物；為了膚色
> 好看，就要擦粉底、塗腮紅；為了使眼睛迷人，就要畫眼線、眼
> 影，甚至戴上假睫毛。最後，為了擁有燦爛的笑容，則要美白牙齒。

【正常速度】　讀者 shadow me ①　➡　shadow me ②

◎ 連 瀚 擴充字彙庫　關於裝扮→ 化妝 Make-up

① 內在美 inner beauty

② 外在美 outer beauty

③ 短暫的 transient [`trænʃənt] adj.

④ 長久的 everlasting [ˌɛvəˈlæstɪŋ] adj.

⑤ 遮瑕膏 concealer [kənˈsilə] n.

⑥ 眉筆 eyebrow pencil

⑦ 蜜粉 loose powder

⑧ 腮紅 blush [blʌʃ] n.

⑨ 眼影 eye shadow

⑩ 卸妝品 makeup remover

⑪ 面膜 mask [mæsk] n.

⑫ 乳液 lotion [`loʃən] n.

⑬ 精華液 essence [`ɛsns] n.

⑭ 黑眼圈 dark circles under one's eyes

⑮ 痣 mole [mol] n.

⑯ 雀斑 freckle(s) [`frɛkl] n.

⑰ 皺紋 wrinkle(s) [`rɪŋkl] n.

⑱ 魚尾紋 crow's-feet [`krozˌfit] n.

⑲ 法令紋 laugh lines

⑳ 抬頭紋 worry lines

23 | 旅遊
Travel

 ▶ **Track 062**

不要等我說完再 repeat，也不要先看英文；眼看中文，腦中想著句子結構。

1. 有些旅行是隨性的，有些則是計畫好的。

> 讀者 shadow me ① ⇨ shadow me ② ⇨ shadow me ③

Notes
自然發生的 **spontaneous** [spɑn`tenɪəs] *adj.*

2. 國外旅行一定要帶護照、簽證、機票、信用卡、現金。

> 讀者 shadow me ① ⇨ shadow me ② ⇨ shadow me ③

3. 現在很多人使用電子機票，則不須帶在身上、直接到櫃檯報到即可拿到登機證。

> 讀者 shadow me ① ⇨ shadow me ② ⇨ shadow me ③

Notes
電子機票 **electronic plane ticket**　　登機證 **boarding pass**

4. 糟糕！我的護照過期了！

> 讀者 shadow me ① ⇨ shadow me ② ⇨ shadow me ③

Notes
過期 **expire** [ɪk`spaɪr] *v.*

5. 每次我出國，我爸爸都會到機場送行。

讀者 shadow me ① ⇨ shadow me ② ⇨ shadow me ③

Notes
送行 see off

6. 我有一次去張家界旅遊，看到電影「阿凡達」的那座山，就是漂浮在空中的「哈里路亞山」。

讀者 shadow me ① ⇨ shadow me ② ⇨ shadow me ③

7. 在落後地區的旅遊景點常有乞丐。

讀者 shadow me ① ⇨ shadow me ② ⇨ shadow me ③

8. 週末人太多了，我們還是平日再來吧！

讀者 shadow me ① ⇨ shadow me ② ⇨ shadow me ③

9. 這個遊樂園的雲霄飛車很刺激！

讀者 shadow me ① ⇨ shadow me ② ⇨ shadow me ③

Notes
遊樂園 amusement park [ə`mjuzmənt]
雲霄飛車 roller coaster [`rolə`kostə] *n.*

PART 2

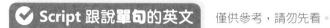

① Sometimes travel is spontaneous, whilst other times it is planned.

② When we travel, we must bring passports, visas, plane tickets, credit cards and cash.

③ Many people use electronic plane tickets, which don't need to be brought along. Just check in at the airport and pick up your boarding pass.

④ Oh, no! My passport has expired!

⑤ My dad always sees me off at the airport when I go abroad.

⑥ I once visited Zhangjiajie and saw the floating mountain, Mt. Hallelujah, featured in the movie Avatar.

⑦ You'll often see beggars at scenic locations in underdeveloped areas.

⑧ It's too crowded on weekends. Why don't we come back on a weekday?

⑨ The roller coaster at this amusement park is very exciting.

Shadowing **段落**跟說　　 Track 063

請跟著我說英文，並模仿我的發音和語調，一邊在腦中「想」它的中文意思。

We should all broaden our horizons as it takes all sorts to make the world. If we could step back from our own lives, we would see that the world has so many interesting societal and geographical differences. The more we see of the world, the smaller we feel. There is no need to be constantly critical. Our very individuality is blurred inside our world of unique cultures, scenery, ethics and spectacles.

【分解速度】　讀者 shadow me ① ⇨ shadow me ②

請各位盯著中文，耳聽英文，並和我「同步」譯為英文。

每一個人都可以開開眼界、看看世界，因為這個世界是由各式各樣的人所組合而成的。當我們退後站一步，就會看到人文地理。當我們看到的愈多，就愈覺得自己渺小，沒什麼好挑剔的。這世界各處有各種獨特的文化、各種風景、各種倫理以及各種奇觀，我們身處其中，實在不應該太自我。

【正常速度】　讀者 shadow me ①　➡　shadow me ②

◎ 連瀞 擴充字彙庫　關於休閒➜ 旅行 Travel

① 航空公司 airline [ˋɛrˏlaɪn] n.

② 訂位 book a seat

③ 外幣兌換 currency exchange [ˋkɜənsɪ]

④ 護照查驗 passport control

⑤ 行李提領區 baggage claim [klem]

⑥ 過海關 go through customs

⑦ 移民局 immigration [ˏɪməˋgreʃən] n.

⑧ 飛機跑道 runway [ˋrʌnˏwe] n.

⑨ 飛機滑行 taxi [ˋtæksɪ] v.

⑩ 接駁車 shuttle bus/train [ˋʃʌtl]

⑪ 起飛 take off

⑫ 降落 land [lænd] v.

⑬ 起飛時間 departure time [dɪˋpartʃə]

⑭ 到達時間 arrival time [əˋraɪvl]

⑮ 艙頂置物櫃 overhead compartment [kəmˋpartmənt]

⑯ 亂流 turbulence [ˋtɜbjələns] n.

⑰ 飛機震動 shake [ʃek] n./v.

⑱ 會暈機 airsick [ˋɛrˏsik] adj.

⑲ 會暈車 carsick [ˋkarˏsik] adj.

⑳ 會暈船 seasick [ˋsiˏsik] adj.

㉑ 祝你一路飛行順利！ Happy landing!

24 | 算命
Fortune-Telling

Track 065

Shadowing 單句跟說

不要等我說完再 repeat，也不要先看英文；眼看中文，腦中想著句子結構。

1. 以前有個算命師說我會早婚。結果我已經快 **40** 歲了，尚未婚。

讀者 shadow me ① ⇨ shadow me ② ⇨ shadow me ③

Notes

算命師 **fortune-teller** [`fɔrtʃən.tɛlə] *n.*　　果然如此 **as it turned out**

2. 你要不要和我一起去算命？聽說他蠻準的喔！

讀者 shadow me ① ⇨ shadow me ② ⇨ shadow me ③

Notes

去算命 **see a fortune-teller**

3. 現在電視充斥命理節目，讓人變得迷信。

讀者 shadow me ① ⇨ shadow me ② ⇨ shadow me ③

Notes

充斥 **be flooded with**　　迷信的 **superstitious** [.supə`stɪʃəs] *adj.*

4. 根據中國的面相說，大鼻子的人有錢。

讀者 shadow me ① ⇨ shadow me ② ⇨ shadow me ③

面相術 **physiognomy** [ˌfɪzɪˈɑgnəmɪ] *n.*

5. 根據中國面相說，大鼻孔的人會留不住錢。

讀者 shadow me ① ⇨ shadow me ② ⇨ shadow me ③

Notes

鼻孔 **nostril**(s) [ˈnɑstrɪl] *n.*

6. 紫微斗數可以細細算出人的一生。

讀者 shadow me ① ⇨ shadow me ② ⇨ shadow me ③

Notes

紫微斗數 Ziwei **numerology** [ˌnjuməˈrɑlədʒɪ]
預言；預測 **predict** [prɪˈdɪkt] *v.*　　　詳細說明 **in detail**

7. 你的眼睛亮、人中長，以後必長命。

讀者 shadow me ① ⇨ shadow me ② ⇨ shadow me ③

8. 你的手指沒什麼肉，是勞碌命。

讀者 shadow me ① ⇨ shadow me ② ⇨ shadow me ③

Notes

勞碌命 **tough life**

① A fortune-teller once said that I would get married early. As it turned out, I'm almost 40 and still single.

② Do you want to see a fortune-teller with me? I've been told that he is quite good!

③ Television is flooded with shows about fortune-telling, which make people superstitious.

④ According to Chinese physiognomy, people who have big noses will be rich.

⑤ According to Chinese physiognomy, those who have big nostrils are bad with their money.

⑥ Ziwei numerology can predict a person's life in detail.

⑦ You have shining eyes and a long philtrum; therefore, you will have a long life.

⑧ You have bony fingers; therefore, you may have a tough life.

🎙 **Shadowing 段落跟說**　　 **Track 066**

請跟著我說英文，並模仿我的發音和語調，一邊在腦中「想」它的中文意思。

There are many ways to tell a fortune—there is palm reading, physiognomy, bone touching, horoscopes, birds, coins or even turtle shells. We Chinese believe that fate, luck, feng shui, conduct[1], and education decide our fates. Whether our fate lies in our hands or not, I believe that we will have no regrets as long as we persevere[2]!

【分解速度】　讀者 shadow me ① ⇨ shadow me ②

Notes

1. **conduct** [ˋkɑndʌkt] 品行；行為 *n.*　　2. **persevere** [͵pɝsəˋvɪr] 堅毅不拔 *v.*

請各位盯著中文，耳聽英文，並和我「同步」譯爲英文。

> 算命有許多種，有的看手相、有的看面相，有的摸骨、看八字，有的用小鳥、還有的用銅幣或甚至用龜殼來卜卦。我們中國人有所謂的「一命、二運、三風水、四積陰德、五讀書」。無論命運是否在自己手中，我們只要努力，人生就沒有遺憾！

【正常速度】 讀者 shadow me ① ⇒ shadow me ②

◎ 連 瀚 擴充字彙庫　關於各式各樣的人 → 星象 Astrology (1)

※ 以下特質僅供參考

火象星座 fire sign	土象星座 earth sign
牡羊座 Aries [ˋɛriz] *n.* • 易衝動的 impulsive [ɪmˋpʌlsɪv] *adj.* • 行動派 activist [ˋæktəvɪst] *n.*	魔羯座 Capricorn [ˋkæprɪˌkɔrn] *n.* • 不屈不撓的 persistent [pɚˋsɪstənt] *adj.* • 值得信賴的 trustworthy [ˋtrʌstˌwɝðɪ] *adj.* • 完美主義者 perfectionist [pɚˋfɛkʃənɪst] *n.*
獅子座 Leo [ˋlio] *n.* • 自負的 conceited [kənˋsitɪd] *adj.* • 保護人的 protective [prəˋtɛktɪv] *adj.*	金牛座 Taurus [ˋtɔrəs] *n.* • 保守的 conservative [kənˋsɝvətɪv] *adj.* • 忠誠的 loyal [ˋlɔɪəl] *adj.*
射手座 Sagittarius [ˌsædʒɪˋtɛrɪəs] *n.* • 樂觀的 optimistic [ˌɑptəˋmɪstɪk] *adj.* • 易受騙的 gullible [ˋgʌləbl] *adj.* • 正直的 righteous [ˋraɪtʃəs] *adj.*	處女座 Virgo [ˋvɝgo] *n.* • 挑剔的 picky [ˋpɪkɪ] 或 critical [ˋkrɪtɪkl] *adj.* • 善於分析的 analytical [ˌænlˋɪtɪkl] *adj.* • 冷漠的 remote [rɪˋmot] 或 cold [kold] *adj.*

P A R T 2

25 | 照相
Taking Pictures

🎙 **Shadowing 單句跟說** ▶ **Track 068**

不要等我說完再 repeat，也不要先看英文；眼看中文，腦中想著句子結構。

1. 有些人很上相，怎麼照都好看。

> 讀者 shadow me ① ⇒ shadow me ② ⇒ shadow me ③

Notes
上相的 **photogenic** [ˌfotəˈdʒɛnɪk] *adj.*

2. 現在都使用數位相機了，方便得很！

> 讀者 shadow me ① ⇒ shadow me ② ⇒ shadow me ③

3. 如果你想拍張特寫，你可以把鏡頭拉近。

> 讀者 shadow me ① ⇒ shadow me ② ⇒ shadow me ③

Notes
特寫 **close-up** [ˈklos͵ʌp] *n.*　　把鏡頭拉近 **zoom in** [zum]　　把鏡頭拉遠 **zoom out**

4. 黑白照有它獨特的味道，彩色照則活潑生動。

> 讀者 shadow me ① ⇒ shadow me ② ⇒ shadow me ③

Notes
黑白照 **black and white photo**　　具有某種吸引力 **has a certain charm**
彩色照 **color photo**　　生動的 **lively** [ˈlaɪvlɪ] *adj.*

5. 這張照片照得不錯，我要洗六張。

6. 妳先穿洋裝，再換和服，各照一張。

Notes

和服 **kimono** [kɪ`mono] *n.*

7. 照相的時候，姿勢、表情、光線和距離都很重要。

Notes

姿勢 **gesture** [`dʒɛstʃə] *n.*　　表情 **facial expressions**　　採光 **lighting** [`laɪtɪŋ] *n.*

8. 現在數位相機如此普遍，照相館都式微了。

Notes

相館 **photo studio**　　無所不在的 **ubiquitous** [ju`bɪkwətəs] *adj.*

① Some people are photogenic and look beautiful no matter how a picture is taken.

② Digital cameras are widely used and are quite convenient.

③ If you wish to have a close-up taken, you can zoom in.

④ Black and white photos have a certain charm, and color photos look quite lively.

⑤ I like this picture. Could you make six copies of it?

⑥ You can have a picture taken when you wear a dress, then another taken in a kimono.

⑦ Gestures, facial expressions, lighting, and distance are all important in photography.

⑧ Now that digital cameras are so ubiquitous, photo studios are becoming less popular.

請跟著我說英文，並模仿我的發音和語調，一邊在腦中「想」它的中文意思。

My father is a photographer[1]. I have always been interested in photography[2] because I was always with my dad when I was young. After graduating from high school, I entered the National University of Art, where I majored in photography. I am currently working as an interior designer[3], but am still fascinated with photography. My dad is old now, and when I have time off work, I often take him travelling to take pictures, as he did for me many years ago.

【分解速度】 讀者 shadow me ①　⇨　shadow me ②

Notes

1. **photographer** [fə`tɑgrəfə] 攝影師 *n.*
2. **photography** [fə`tɑgrəfɪ] 攝影 *n.*
3. **interior designer** [ɪn`tɪrɪə] 室內設計師

Shadowing 同步口譯 ▶ **Track 070**

請各位盯著中文，耳聽英文，並和我「同步」譯爲英文。

> 我爸爸是攝影師，我從小都跟著他，所以我對攝影一直都很有興趣。高中畢業之後，我進了國立藝術大學，主修攝影。我目前雖然在做室內設計，但一直未能忘情攝影。爸爸現在老了，我在工作之餘，經常帶著他四處旅遊、攝影，就像當年他帶著我一樣。

【正常速度】 讀者 shadow me ① ⇨ shadow me ②

◎ 連 瀚 **擴充字彙庫** 關於各式各樣的人 → 星象 Astrology (2)

※ 以下特質僅供參考

風象星座 wind sign	水象星座 water sign
天秤座 Libra [ˋlaɪbrə] 或 [ˋlibrə] *n.* • 有藝術天分的 artistic [arˋtɪstɪk] *adj.* • 奢侈的 extravagant [ɪkˋstrævəgənt] *adj.*	雙魚座 Pisces [ˋpɪsiz] *n.* • 浪漫的 romantic [rəˋmæntɪk] *adj.* • 多愁善感的 sentimental [͵sɛntəˋmɛntl] *adj.*
雙子座 Gemini [ˋdʒɛmə͵naɪ] *n.* • 機伶的 resourceful [rɪˋsorsfəl] *adj.* • 勢利的 snobbish [ˋsnɑbɪʃ] *adj.*	巨蟹座 Cancer [ˋkænsə] *n.* • 傳統的 traditional [trəˋdɪʃənl] *adj.*
水瓶座 Aquarius [əˋkwɛrɪəs] *n.* • 外向的 extroverted [ˋɛkstro͵vɝtɪd] *adj.* • 隨和的 easygoing [ˋizɪ͵goɪŋ] *adj.*	天蠍座 Scorpio [ˋskɔrpɪ͵o] *n.* • 佔有慾強的 possessive [pəˋzɛsɪv] *adj.*

26 | 朋友
Friends

 Shadowing 單句跟說　　 Track 071

不要等我說完再 repeat，也不要先看英文；眼看中文，腦中想著句子結構。

1. 真正的友誼超越年齡和社會的評價。

> 讀者 shadow me ① ⇨ shadow me ② ⇨ shadow me ③

> **Notes**
> 超越 **beyond** [bɪˋjɑnd] *prep.*

2. 我們個人的生命價值往往建立於錯誤的社會價值上。

> 讀者 shadow me ① ⇨ shadow me ② ⇨ shadow me ③

> **Notes**
> 個人的／個體 **individual** [ˏɪndəˋvɪdʒʊəl] *adj./n.*　　誤導 **misguide** [mɪsˋgaɪd] *v.*

3. 長久、誠懇、患難與共的人才是真朋友。

> 讀者 shadow me ① ⇨ shadow me ② ⇨ shadow me ③

4. 好朋友讓我們的人生更美好，壞朋友則使我們墮落。

> 讀者 shadow me ① ⇨ shadow me ② ⇨ shadow me ③

> **Notes**
> 使降級；使墮落 **degrade** [dɪˋgred] *v.*

5. 她很幸運，她的丈夫既是她的良師，也是益友。

Notes

良師；人生導師 **mentor** [ˋmɛntə] *n.*

6. 好朋友的定義是，當你成功，他替你高興；當你失敗，他鼓勵你。

Notes

鼓勵 **encourage** [ɪnˋkɝɪdʒ] *v.*

7. 他太敏感、又太情緒化，所以交不到朋友。

Notes

敏感的 **sensitive** [ˋsɛnsətɪv] *adj.*　　情緒化的 **moody** [ˋmudɪ] *adj.*

8. 這個人最煞風景，只要有他在場，大家都不舒服。

9. 當他被最好的朋友背叛時，簡直要崩潰了！

Notes

背叛 **betray** [bɪˋtre] *v.*　　崩潰；倒閉 **collapse** [kəˋlæps] *v./n.*

① True friendships exist beyond age or societal evaluations.

② The value of our individual lives is usually established on misguided social values.

③ Long, sincere and pain-sharing friendships are the signs of true friends.

④ Good friends make our lives better, bad friends degrade us.

⑤ She is lucky that her husband is her mentor and good friend.

⑥ The definition of a good friend is someone who is happy for you when you succeed, and who encourages you when you fail.

⑦ He is so sensitive and moody that he can't make any friends.

⑧ He is like an annoying fly that no one feels comfortable around.

⑨ He almost collapsed when his best friend betrayed him.

請跟著我說英文，並模仿我的發音和語調，一邊在腦中「想」它的中文意思。

Humans are gregarious[1] and cannot be isolated[2] from society. If we can open our hearts and make sincere friends, we will enjoy wonderful interpersonal relationships. Confucius once said, "A good friend is straightforward[3], forgiving[4] and knowledgeable[5]." We should not make negative[6] friends, since as the proverb[7] says, "One takes on the color of one's company[8]."

【分解速度】 讀者 shadow me ① ⇨ shadow me ②

Notes

1. **gregarious** [grɪ`gɛrɪəs] 群居的 *adj.*
2. **isolate** [`aɪsḷˌet] 使孤立 *v.*
3. **straightforward** [ˌstret`fɔrwəd] 正直的；直率的 *adj.*
4. **forgiving** [fəˋgɪvɪŋ] 寬容的；饒恕的 *adj.*
5. **knowledgeable** [`nɑlɪdʒəbḷ] 博學的 *adj.*
6. **negative** [`nɛgətɪv] 負面的 *adj.*
7. **proverb** [`prɑvɝb] 諺語；俗語 *n.*
8. **company** [`kʌmpənɪ] 公司；陪伴；夥伴（們）*n.*

請各位盯著中文，耳聽英文，並和我「同步」譯為英文。

> 人是群居的動物，不能孤立於社會之外。我們如果能敞開心胸，結交誠懇的朋友，就能享受美好的人際關係。至聖先師孔子曾說：「友直、友諒、友多聞。」朋友不能亂交，正所謂：「近朱者赤，近墨者黑。」

【正常速度】　讀者 shadow me ①　⇨　shadow me ②

◎漣漪 擴充字彙庫　關於生活→ 形狀 Shapes

① 三角形 **triangle** [ˋtraɪˌæŋgl] *n.*
② 邊 **side** [saɪd] *n.*
③ 底 **base** [bes] *n.*
④ 高 **height** [haɪt] *n.*
⑤ 正方形 **square** [skwɛr] *n.*
⑥ 長方形 **rectangle** [rɛkˋtæŋgl] *n.*
⑦ 長 **length** [lɛŋθ] *n.*
⑧ 寬 **width** [wɪdθ] *n.*
⑨ 梯形 **trapezoid** [ˋtræpəˌzɔɪd] *n.*
⑩ 心形 **heart** [hɑrt] *n.*
⑪ 扇形 **sector** [ˋsɛktə] *n.*
⑫ 圓圈 **circle** [ˋsɝkl] *n.*
⑬ 圓形的 **round** [raʊnd] adj.
⑭ 圓周 **circumference** [səˋkʌmfərəns] *n.*

⑮ 圓心 **center** [ˋsɛntə] *n.*
⑯ 半徑 **radius** [ˋredɪəs] *n.*
⑰ 直徑 **diameter** [daɪˋæmətə] *n.*
⑱ 橢圓形（的）**oval** [ˋovl] *n./adj.*
⑲ 菱形 **rhombus** [ˋrɑmbəs] *n.*
⑳ 對角線 **diagonal** [daɪˋægənl] *n.*
㉑ 五角星形 **pentangle** [ˋpɛnˌtæŋgl] *n.*
㉒ ∟ 形 **L-shape**；∟ 形的 **L-shaped**
㉓ Ζ 字形（的）**zigzag** [ˋzɪgzæg] *n./adj.*
㉔ 圓椎體 **cone** [kon] *n.*
㉕ 球體 **sphere** [sfɪr] *n.*
㉖ 立方體 **cube** [kjub] *n.*
㉗ 面積 **area** [ˋɛrɪə] *n.*
㉘ 體積 **volume** [ˋvɑljəm] *n.*

27 | 搖頭丸
MDMA

 **Shadowing 單句跟說** ▶ **Track 074**

不要等我說完再 repeat，也不要先看英文；眼看中文，腦中想著句子結構。

1. 搖頭丸是什麼東西？怎麼那麼多人吃呢？

> 讀者 shadow me ① ⇨ shadow me ② ⇨ shadow me ③

2. 搖頭丸是毒品，吃了對身心都有傷害。

> 讀者 shadow me ① ⇨ shadow me ② ⇨ shadow me ③

Notes
毒品；麻醉劑 **narcotic** [nar`kɑtɪk] *n.*

3. 要你嚐嚐香菸或毒品的人都不安好心。

> 讀者 shadow me ① ⇨ shadow me ② ⇨ shadow me ③

Notes
意圖 **intention** [ɪn`tɛnʃən] *n.*

4. 這些人會想方設法，引誘你吃搖頭丸。

> 讀者 shadow me ① ⇨ shadow me ② ⇨ shadow me ③

Notes
用盡方法 **try any means**　　誘惑 **tempt** [tɛmpt] *v.*

5. 面對毒品，只有兩個字：「滾開！」沒什麼不好意思的。

> 讀者 shadow me ① ⇨ shadow me ② ⇨ shadow me ③

Notes
面對 **be faced with**　　嫌尬的 **embarrassed** [ɪm`bærəst] *adj.*

6. 安非他命讓人喪失食欲、心跳加快、肝腎受損。

> 讀者 shadow me ① ⇨ shadow me ② ⇨ shadow me ③

Notes
安非他命 **amphetamine** [æm`fɛtəmin] *n.*
食欲；胃口 **appetite** [`æpətaɪt] *n.*　　心悸 **tachycardia** [ˌtækɪ`kɑrdɪə] *n.*

PART 2

7. 很多不肖商人賣安非他命讓人減肥，這些人真的很危險。

> 讀者 shadow me ① ⇨ shadow me ② ⇨ shadow me ③

8. 有些事情是必須考慮一下，但是面對不該做（違法）的事，就應立刻拒絕。

> 讀者 shadow me ① ⇨ shadow me ② ⇨ shadow me ③

Notes
再次考慮 **second thought**　　非法的 **illicit** [ɪ`lɪsɪt] *adj.*　　毫不猶豫 **no hesitation**

9. 無法拒絕毒品的人，真是既愚蠢又懦弱。

> 讀者 shadow me ① ⇨ shadow me ② ⇨ shadow me ③

Notes
懦弱的 **cowardly** [`kauədlɪ] *adj.*　　懦夫 **coward** [`kauəd] *n.*

搖頭丸　**117**

① What is MDMA? Why are so many people using it?

② MDMA is a narcotic; it damages both the mind and the body.

③ Anyone who tries to tempt you to use cigarettes or drugs has bad intentions.

④ These people will try any means to tempt you to use MDMA.

⑤ There are only two words to say when you are faced with drugs: "GO AWAY!" Never feel embarrassed to say this.

⑥ Amphetamines make people lose their appetite; experience tachycardia and can cause liver and kidney damage.

⑦ Many unscrupulous businessmen sell amphetamines to help people lose weight. They are truly dangerous.

⑧ There are certain things that deserve a second thought; however, no hesitation should be taken to say "no" when you are dealing with something illicit.

⑨ People who don't resist drugs are silly and cowardly.

請跟著我說英文，並模仿我的發音和語調，一邊在腦中「想」它的中文意思。

I have a friend who is sincere, honest, and somewhat[1] introverted. Recently he met a group of people who readily[2] welcomed him and he was really excited about it. Soon, he knew something was wrong because these friends often told him to use MDMA, telling him that if he refused, he was not a real friend of theirs. Fortunately, my friend made a great choice and he immediately left them far behind.

P
A
R
T

2

【分解速度】　讀者 shadow me ①　⇨　shadow me ②

Notes

1. **somewhat** [ˋsʌm.hwɑt] 若干地 *adv.*　　2. **readily** [ˋrɛdɪlɪ] 欣喜地 *adv.*

請各位盯著中文，耳聽英文，並和我「同步」譯爲英文。

我有一個朋友，個性很忠厚老實，也有一點內向。最近，他認識了一群熱情接納他的朋友，所以他很興奮。不久，他發現不太對勁，因爲這些朋友常慫恿他吃搖頭丸，說如果他拒絕的話，就是不夠朋友！還好我這朋友做了一個很棒的決定：他立刻離開他們，跑得遠遠的！

【正常速度】 讀者 shadow me ① ⇨ shadow me ②

◎ 連 濁 擴充字彙庫 關於專業領域→ 法律 Law (2)

① 誘拐 **abduct** [æb`dʌkt] *v.*

② 誘拐 **abduction** [æb`dʌkʃən] *n.*

③ 重婚 **bigamy** [`bɪgəmɪ] *n.*

④ 重婚者 **bigamist** [`bɪgəmɪst] *n.*

⑤ 性侵 **rape** [rep] *v./n.*

⑥ 性侵者 **rapist** [`repɪst] *n.*

⑦ 性騷擾 **sexual harassment** [`hærəsmənt]

⑧ 兒童虐待 **child abuse** [ə`bjus]

⑨ 毒販 **drug dealer**

⑩ 逮捕 **arrest** [ə`rɛst] *v./n.*

⑪ 保釋 **bail** [bel] *v./n.*

⑫ 交保候傳 **be released on bail**

⑬ 控告 **accuse** [ə`kjuz] *v.*

⑭ 原告 **plaintiff** [`plentɪf] *n.*

⑮ 被告 **defendant** [dɪ`fɛndənt] *n.*

⑯ 律師 **lawyer** [`lɔjɚ] *n.*

⑰ 檢察官 **prosecutor** [`prɑsɪkjutɚ] *n.*

⑱ 法官 **judge** [dʒʌdʒ] *n.*

⑲ 陪審團 **jury** [`dʒurɪ] *n.*

⑳ 贓物 **plunder** [`plʌndɚ] *n.*

㉑ 物證 **evidence** [`ɛvədəns] *n.*

㉒ 人證 **witness** [`wɪtnɪs] *v./n.*

㉓ 偽證 **perjury** [`pɝdʒərɪ] *n.*

㉔ 指紋 **fingerprint** [`fɪŋgɚ͵prɪnt] *n.*

㉕ 不在場證明 **alibi** [`ælə͵baɪ] *n.*

㉖ 無辜的 **innocent** [`ɪnəsn̩t] *adj.*

㉗ 有罪的 **guilty** [`gɪltɪ] *adj.*

㉘ 無期徒刑 **life imprisonment** [ɪm`prɪzn̩mənt]

㉙ 死刑 **death** [dɛθ] *n.*

㉚ 執行 **execute** [`ɛksɪ͵kjut] *v.*

㉛ 執行 **execution** [͵ɛksɪ`kjuʃən] *n.*

28 | 儀表
Appearance

 Shadowing 單句跟說　▶ **Track 077**

不要等我說完再 repeat，也不要先看英文；眼看中文，腦中想著句子結構。

1. 內在美和外在美一樣重要，但內在美是愈老愈美。

> 讀者 shadow me ①　⇨　shadow me ②　⇨　shadow me ③

Notes

一樣地；同等地 **equally** [`ikwəlɪ] *adv.*

2. 內在美包括體貼、寬恕、憐憫、寧靜、智慧、自信、好習慣。

> 讀者 shadow me ①　⇨　shadow me ②　⇨　shadow me ③

Notes

寧靜 **tranquility** [træŋ`kwɪlətɪ] *n.*

3. 外在美包括整潔、衣著、舉手投足、頭髮、談吐。

> 讀者 shadow me ①　⇨　shadow me ②　⇨　shadow me ③

Notes

衣著 **clothing** [`kloðɪŋ] *n.*　　談吐 **elocution** [ˌɛlə`kjuʃən] *n.*

4. 有些男人的小指頭留著長長的指甲，實在很難看。

> 讀者 shadow me ①　⇨　shadow me ②　⇨　shadow me ③

5. 化濃妝對女人（的皮膚）不好。

6. 別人說話時不要插嘴，要做一個良好的傾聽者。

Notes

插嘴 **interrupt** [ˌɪntəˋrʌpt] *v.*　　傾聽者 **listener** [ˋlɪsnɚ] *n.*

7. 什麼場合穿什麼衣服，是一種禮貌（禮儀）。

Notes

場合 **occasion** [əˋkeʒən] *n.*　　禮儀 **etiquette** [ˋɛtɪkɛt] *n.*

8. 小費不可吝嗇，我們需要適切地表達出對別人服務的感謝之意。

Notes

小費 **tip** [tɪp] *n./v.*　　適當的 **appropriate** [əˋproprɪet] *adj.*
感謝 **gratitude** [ˋgrætəˌtjud] *n.*

① Inner beauty and external beauty are equally important, but inner beauty increases with age.

② Inner beauty includes thoughtfulness, forgiveness, mercy, tranquility of mind, wisdom, confidence and good habits.

③ External beauty includes a clean appearance, clothing, gestures, manner, hair and elocution.

④ Some men look very ugly with long nails on their pinky fingers.

⑤ It's not good for women to wear heavy make-up.

⑥ Do not interrupt when people are talking. Be a good listener.

⑦ It's proper etiquette to wear the right clothes for certain occasions.

⑧ Don't be stingy with tips. It's appropriate to express our gratitude for good service.

請跟著我說英文，並模仿我的發音和語調，一邊在腦中「想」它的中文意思。

Some behaviors[1] should be avoided[2] in public[3], such as nose-picking, speaking loudly, clearing one's throat, spitting[4], yawning[5] with one's mouth open, yawning aloud, adjusting underwear (including the bra), etc. One's manners[6] reveal[7] his upbringing[8]. People say that children are a mirror of their parents, so I think that a person of good manners is not only respected by others, but also casts[9] a positive[10] light upon their parents.

【分解速度】　讀者 shadow me ① ⇨ shadow me ②

Notes

1. **behavior** [bɪ`hevjɚ] 行為；舉止 *n.*
2. **avoid** [ə`vɔɪd] 避免；躲開 *v.*
3. **in public** 公開地
4. **spit** [spɪt] 吐痰；吐口水 *v.*
5. **yawn** [jɔn] （打）呵欠 *v./n.*
6. **manner** [`mænɚ] 禮貌；方式 *n.*
7. **reveal** [rɪ`vil] 揭開 *v.*
8. **upbringing** [`ʌp.brɪŋɪŋ] 教養；養育 *n.*
9. **cast** [kæst] 投擲 *v./n.*
10. **positive** [`pazətɪv] 積極的；確定的 *adj.*

請各位盯著中文，耳聽英文，並和我「同步」譯爲英文。

有些動作在公共場所必須避免，例如挖鼻孔、大聲說話、清喉嚨、吐痰、不遮嘴大聲打呵欠、調整內衣（包括胸罩）等。一個人的風度展現了他的家庭教育，人家說：「孩子是父母的鏡子」，所以一個好風度的人，不但受人尊重，也替父母爭光。

【正常速度】 讀者 shadow me ① ⇨ shadow me ②

◎連漪 擴充字彙庫 關於生活→ 日常用品 Daily Needs

① 膠水 glue [glu] v./n.

② 漿糊 paste [pest] v./n.

③ 便利貼 post-it [`postɪt] n.

④ 迴紋針 paper clip

⑤ 圖釘 thumbtack [`θʌm.tæk] n.

⑥ 洗髮精 shampoo [ʃæm`pu] n.

⑦ 潤髮精 hair conditioner

⑧ 吹風機 hair dryer

⑨ 髮膠 hair gel [dʒɛl]

⑩ 刮鬍刀 razor [`rezɚ] n.

⑪ 一塊肥皂 a bar of soap

⑫ 水龍頭 faucet [`fɔsɪt] n.

⑬ 菸灰缸 ashtray [`æʃ.tre] n.

⑭ 保鮮膜 plastic wrap [ræp]

⑮ 優待券 coupon [`kupɑn] n.

⑯ 高跟鞋 high heels

⑰ 休閒鞋 loafers [`lofɚz] n.

⑱ 涼鞋 sandals [`sændl̩z] n.

⑲ 鞋拔 shoehorn [`ʃu.hɔrn] n.

⑳ 鞋帶 shoelace [`ʃu.les] n.
　* 綁鞋帶 tie one's shoes [taɪ]

㉑ 電線 cord [kɔrd] n.

㉒ 插頭 plug [plʌg] n./v.
　* 拔插頭 unplug [ʌn`plʌg] v.

㉓ 拖把 mop [mɑp] n.

㉔ 水桶 bucket [`bʌkɪt] n.
　* 洗衣 do the laundry [`lɔndrɪ]

㉕ 掃把 broom [brum] n.

㉖ 畚箕 dustpan [`dʌst.pæn] n.
　* 掃地 sweep the floor
　　sweep–swept–swept
　　　[i]　　　[ɛ]　　　[ɛ]

㉗ 吸塵器 vacuum cleaner [`vækjuəm]
　* 吸地板 vacuum the floor

29 | 詐騙
Fraud

 **Shadowing 單句跟說**　▶ **Track 080**

不要等我說完再 repeat，也不要先看英文；眼看中文，腦中想著句子結構。

1. 現在愈來愈多詐騙事件，我們不可大意。

> 讀者 shadow me ① ⇨ shadow me ② ⇨ shadow me ③

> **Notes**
> 騙錢；詐騙 **scam** [`skæm] *n./v.* 或 **fraud** [frɔd] *n.*
> 留意的 **alert** [ə`lɜt] *adj.*

2. 他還以為自己戀愛了，結果是碰到了演技高超的女騙子。

> 讀者 shadow me ① ⇨ shadow me ② ⇨ shadow me ③

> **Notes**
> 不知曉的 **unaware** [ˌʌnə`wɛr] *adj.*
> 騙子 **swindler** [`swɪndlə] *n.*

3. 不要隨便將自己的生日、密碼、銀行帳號、身分證字號透露給別人。

> 讀者 shadow me ① ⇨ shadow me ② ⇨ shadow me ③

> **Notes**
> 隨便；任意 **at random**
> 透露 **disclose** [dɪs`kloz] *v.*

4. 天下絕少不勞而獲之事，對於陌生人報來的好消息要謹慎以待。

> 讀者 shadow me ① ⇨ shadow me ② ⇨ shadow me ③

Notes

謹慎的 **cautious** [ˋkɔʃəs] *adj.*

5. 只要不貪心，並保持謹慎，就不會受騙。

> 讀者 shadow me ① ⇨ shadow me ② ⇨ shadow me ③

6. 不管賺大錢或賺小錢，都不可以非法。

> 讀者 shadow me ① ⇨ shadow me ② ⇨ shadow me ③

7. 一個認真工作、謹慎理財的人，通常都不會是窮人。

> 讀者 shadow me ① ⇨ shadow me ② ⇨ shadow me ③

✔ **Script 跟說單句的英文** 僅供參考，請勿先看。

① Scams are becoming more common. We must be alert.

② He thought he was in love, unaware that his girlfriend was actually a skillful swindler.

③ Do not disclose birthdays, passwords, bank account numbers, and ID numbers to people at random.

④ There is no free lunch. We must be cautious about "good" information from strangers.

⑤ You won't be swindled so long as you are not greedy and you remain cautious.

⑥ We must not make money illegally, whether it is a lot or just a little.

⑦ Someone who works hard and manages his money carefully will usually not be poor.

請跟著我說英文，並模仿我的發音和語調，一邊在腦中「想」它的中文意思。

A friend of mine was once the biggest jewelry[1] wholesaler in Taiwan and was wary of[2] any relationship after his wife died. He then met a girl who claimed[3] to be a very simple woman. This girl was very considerate[4] and sweet, and accompanied him on his trips around Taiwan to sell jewelry. She finally won his trust and love after two years. Once she knew this, she robbed him of all he was worth! Today she is driving a Mercedes[5] and playing golf every day, while he drives a taxi for living. —True story

【分解速度】 讀者 shadow me ① ⇨ shadow me ②

Notes

1. **jewelry** [ˋdʒuəlrɪ] 珠寶；首飾 *n.*
2. **be wary of** [ˋwɛrɪ] 對……謹慎的
3. **claim** [klem] 聲稱 *v./n.*
4. **considerate** [kənˋsɪdərɪt] 體貼的 *adj.*
5. **Mercedes** [mɝˋsedɪs] 賓士汽車 *n.*（在歐美國家，較少稱賓士車為 "Benz"。）

請各位盯著中文，耳聽英文，並和我「同步」譯爲英文。

> 我有一個朋友，原來是台灣最大的珠寶批發商，自從妻子去世之後，對於愛情十分謹慎。後來，他認識了一個自稱單純的女孩。這個女孩子個性溫柔體貼，陪他去全國賣珠寶，終於在兩年後贏得他的信任和愛。當她一發現這點，便騙光了他全部的身家！今天，她開賓士、打高爾夫球，他則以開計程車謀生。（此為真實故事）

【正常速度】　讀者 shadow me ① ⇨ shadow me ②

◎ 連 漪 擴充字彙庫　關於裝扮→ 珠寶 Jewelry

① 寶石 gemstone [ˋdʒɛm.ston] *n.*

② 真珠寶 fine jewelry [ˋdʒuəlrɪ]

③ 假珠寶 imitation jewelry [ˌɪməˋteʃən]

④ 人造的 artificial [ˌɑrtɪˋfɪʃəl] *adj.*

⑤ 鍍金的 gold-plated [ˌgoldˋpletɪd] *adj.*

⑥ 黃金 gold [gold] *n.*

⑦ 純金 genuine gold [ˋdʒɛnjʊɪn]

⑧ 18K 金 18 karat gold [ˋkærət]

⑨ 鑽石 diamond [ˋdaɪmənd] *n.*

⑩ 紅寶石 ruby [ˋrubɪ] *n.*

⑪ 藍寶石 sapphire [ˋsæfaɪr] *n.*

⑫ 祖母綠 emerald [ˋɛmərəld] *n.*

⑬ 綠松石 turquoise [ˋtɜkwɔɪz] *n.*

⑭ 琥珀 amber [ˋæmbə] *n.*

⑮ 珊瑚 coral [ˋkɔrəl] *n.*

⑯ 玉 jade [dʒed] *n.*

⑰ 玉鐲子 jade bangle [ˋbæŋgl]

⑱ 翡翠 jadeite [ˋdʒedaɪt] *n.*

⑲ 水晶 crystal [ˋkrɪstl] *n.*

⑳ 紫水晶 amethyst [ˋæməθɪst] *n.*

㉑ 珍珠 pearl [pɝl] *n.*

㉒ 當東西 pawn [pɔn] *v.*

㉓ 當鋪 pawn shop

㉔ 當鋪老闆 pawnbroker [ˋpɔn.brokə] *n.*

30 | 租屋
Leasing an Apartment

 Shadowing 單句跟說　▶ Track 083

不要等我說完再 repeat，也不要先看英文；眼看中文，腦中想著句子結構。

1. 現在租屋有幾個途徑，包括看報紙、找房仲、上網。

> 讀者 shadow me ① ⇨ shadow me ② ⇨ shadow me ③

> **Notes**
> 房仲 **realtor** [ˋrɪəltə] *n.*（= 房地產經紀人 real estate agent）

2. 這個仲介很賣力，他終於替我找到一間理想的房子。

> 讀者 shadow me ① ⇨ shadow me ② ⇨ shadow me ③

> **Notes**
> 盡心盡力的 **devoted** [dɪˋvotɪd] *adj.*　　理想的 **ideal** [aɪˋdɪəl] *adj.*

3. 我現在住的房子很理想，採光好、交通方便、房租 **OK**。

> 讀者 shadow me ① ⇨ shadow me ② ⇨ shadow me ③

> **Notes**
> 交通；運輸 **transportation** [ˌtrænspəˋteʃən] *n.*　　負擔得起的 **affordable** [əˋfɔrdəbl] *adj.*

4. 租房子時，通常先付訂金，然後擇期簽約。

> 讀者 shadow me ① ⇨ shadow me ② ⇨ shadow me ③

5. 好房東不隨意漲房租，而且服務又好又快。好房客會按時繳房租，並愛護房子。

讀者 shadow me ① ⇨ shadow me ② ⇨ shadow me ③

Notes

（男）房東 **landlord** [`lænd.lɔrd] *n.*　　女房東 **landlady** [`lænd.ledɪ] *n.*
房客 **tenant** [`tɛnənt] *n.*

6. 我希望能夠找到一個離上班地方不遠，而且附近有餐廳的房子。

讀者 shadow me ① ⇨ shadow me ② ⇨ shadow me ③

Notes

在附近；在旁邊 **close by**

7. 我想找的套房是押金不超過二萬元台幣，月租不超過八千。

讀者 shadow me ① ⇨ shadow me ② ⇨ shadow me ③

8. 與其租屋，不如分期付款買一個房子。

讀者 shadow me ① ⇨ shadow me ② ⇨ shadow me ③

Notes

分期付款 **in installment**(s) [ɪn`stɔlmənt]

9. 昨天冷氣機滴水，房東就立刻找電工來修好了。

讀者 shadow me ① ⇨ shadow me ② ⇨ shadow me ③

10. 這個房子和房東都好，我立刻就簽了三年的約。

讀者 shadow me ① ⇨ shadow me ② ⇨ shadow me ③

① There are several ways to find a place to rent, such as reading newspapers, through a realtor or searching online.

② This realtor is so devoted that he finally found an ideal home for me.

③ The place I live in is ideal: good lighting, convenient transportation and affordable rent.

④ When we lease a house, we usually pay the deposit first, and then sign the lease on the chosen day.

⑤ A good landlord does not increase rent unexpectedly and their service is good and fast. A good tenant pays rent on time and takes good care of the house.

⑥ I wish to find a place which isn't far from where I work and with good restaurants close by.

⑦ The suite I'm looking for won't require more than a NT$20,000 deposit and no more than NT$8,000 for rent.

⑧ Instead of leasing a house, you can buy one in installments.

⑨ Yesterday my air conditioner began to drip water. My landlord immediately called an electrician to fix it.

⑩ I'm happy with this house and the landlord, so I signed a three-year contract immediately.

請跟著我說英文，並模仿我的發音和語調，一邊在腦中「想」它的中文意思。

My home is in southern Taiwan. When I was in university in Taipei, I stayed in the school dormitory[1] in the first year, and then I leased a room off campus[2] until I graduated. I majored in architecture, and my roommate majored in Japanese. Very often I heard her recite[3] Japanese early in the morning. Our room was about 8 pings (approximately[4] 25 square meters[5]) and had all the necessities[6], including a double bunk bed[7], a refrigerator, an LCD TV, Internet, cable and a washing machine.

【分解速度】 讀者 shadow me ① ⇨ shadow me ②

Notes

1. **dormitory** [ˋdɔrməˌtorɪ] 宿舍 *n.*
2. **campus** [ˋkæmpəs] 校園 *n.*
3. **recite** [rɪˋsaɪt] 背誦；朗讀 *v.*
4. **approximately** [əˋprɑksəmɪtlɪ] 大概 *adv.*
5. **square meter** 平方公尺
6. **necessity** [nəˋsɛsətɪ] 必要物 *n.*
7. **double bunk bed** [bʌŋk] 雙層床

請各位盯著中文，耳聽英文，並和我「同步」譯為英文。

> 我家在南部，當我在台北唸大學的時候，第一年住在學校宿舍，之後就一直在校外租屋直到畢業。我唸建築，室友唸日文，一早就常聽到她朗讀日文。我們住的地方大約 8 坪大（約 25 平方公尺），有一張雙層床、冰箱、液晶電視、網路、第四台、洗衣機等必備品。

【正常速度】 讀者 shadow me ① ⇨ shadow me ②

◎ 連 濁 **擴充字彙庫** 關於家庭➔ 住家 Housing (2)

① 透天厝 **house** [haus] *n.*
② 大樓公寓 **condo** [`kɑndo] *n.*
③ 平房 **bungalow** [`bʌŋɡəlo] *n.*
④ 一般公寓 **apartment** [ə`pɑrtmənt] *n.*
⑤ 農舍；小屋 **cottage** [`kɑtɪdʒ] *n.*
⑥ 社區 **community** [kə`mjunətɪ] *n.*
⑦ 房貸 **mortgage** [`mɔrɡɪdʒ] *n.*
⑧ 房地產 **real estate** [ɪs`tet] *n.*
⑨ 租約 **lease** [lis] *n./v.*
⑩ 訂金 **deposit** [dɪ`pɑzɪt] *n./v.*

⑪ 租金 **rent** [rɛnt] *v./n.*
⑫ 違約金 **penalty** [`pɛnl̩tɪ] *n.*
⑬ 大廳 **lobby** [`lɑbɪ] *n.*
⑭ 中庭 **atrium** [`atrɪəm] *n.*
⑮ 電梯 **elevator** [`ɛləˌvetə] *n.*
⑯ 電梯間 **elevator shaft** [ʃæft] *n.*
⑰ 大樓 / 公寓管理員 **super** [`supə] *n.*
⑱ 紗門 / 紗窗 **screen** [skrin] *n.*
⑲ 長形門把 **handle** [`hændl̩] *n.*
⑳ 球形門把 **doorknob** [`dorˌnɑb] *n.*

31 | 學習英文
Learning English

Shadowing 單句跟說 **Track 086**

不要等我說完再 repeat，也不要先看英文；眼看中文，腦中想著句子結構。

1. 其實，我們大部分的發音都是對的。

> 讀者 shadow me ① ⇨ shadow me ② ⇨ shadow me ③

> **Notes**
> 發音 **pronunciation** [prəˌnʌnsɪˋeʃən] *n.*　　精準的 **accurate** [ˋækjərɪt] *adj.*

2. 母音錯的比較多，子音錯的比較少。

> 讀者 shadow me ① ⇨ shadow me ② ⇨ shadow me ③

> **Notes**
> 母音 **vowel** [ˋvauəl] *n.*　　子音 **consonant** [ˋkansənənt] *n.*

3. 我們以中文為母語的人說英文時，必須跳脫中文的框架，語調才說得好。

> 讀者 shadow me ① ⇨ shadow me ② ⇨ shadow me ③

> **Notes**
> 聲調；語氣 **tone** [ton] *n.*

4. 對所有英語學習者而言，最簡單的是文法，因為文法是有限的。

> 讀者 shadow me ① ⇨ shadow me ② ⇨ shadow me ③

5. 英文文法是活的，不可死背規則，而首要之務是理解規則從何而來。

讀者 shadow me ① ⇨ shadow me ② ⇨ shadow me ③

Notes

首先 **in the first place**

6. 學文法必須知道的是，整個英語文法應該流暢地「說」出來。

讀者 shadow me ① ⇨ shadow me ② ⇨ shadow me ③

✅ **Script 跟說單句的英文**　僅供參考，請勿先看。

① As a matter of fact, most of our pronunciation is accurate.

② We make more mistakes with vowels and fewer with consonants.

③ We Chinese-speaking people should forget the way we learned to speak Chinese in order to speak English with a beautiful tone.

④ For all English-language students, grammar should be the easiest to learn because there are limits.

⑤ Grammar in English is constantly changing, so we can't just memorize the rules, but should understand the reason the rules are there in the first place.

⑥ The thing that you should know about English grammar is that it should be fluently orally expressed.

請跟著我說英文，並模仿我的發音和語調，一邊在腦中「想」它的中文意思。

Learning English is like planting a tree. You establish[1] the roots, and make its trunk[2] strong with grammar. The phrases are like twigs[3] giving support to the leaves which represent a large vocabulary. Together with beautiful enunciations[4] are what give your speech a beautiful shine. When we plant this tree, we must do our very best to make it strong and beautiful, not malnourished[5], weak[6] and ugly.

【分解速度】 讀者 shadow me ① ⇨ shadow me ②

Notes

1. **establish** [əˋstæblɪʃ] 建立；創設 *v.*
2. **trunk** [trʌŋk] 樹幹 *n.*
3. **twig** [twɪg] 小樹枝 *n.*
4. **enunciation** [ɪˏnʌnsɪˋeʃən] 發音；發聲 *n.*
5. **malnourished** [mælˋnɝɪʃt] 營養不足的 *adj.*
6. **weak** [wik] 弱的；虛弱的 *adj.*

PART 2

請各位盯著中文，耳聽英文，並和我「同步」譯為英文。

> 學英語就像種一棵樹。先用文法來生根，讓它成長紮實的樹幹；片語就像小樹枝支撐著葉子，而字彙就是樹葉，它們又廣又闊；再添上優美的發音和語調，給予了這棵「說話之樹」光澤，使其美麗。我們要種樹，就種一棵美麗又結實的樹，別讓它營養不良，長得既虛且醜。

【正常速度】 讀者 shadow me ① ➪ shadow me ②

◎ 連漪 **擴充字彙庫** 關於專業領域➜ 新聞 Journalism

① 日報 **daily news**

② 晚報 **evening paper**

③ 編輯 **editor** [`ɛdɪtə] *n.*

④ 主編 **editor-in-chief**

⑤ 草稿 **draft** [dræft] *n./v.*

⑥ 校對 **proofread** [`pruf,rid] *n.*

⑦ 主播 **anchor** [`æŋkə] *n.*

⑧ 記者 **reporter** [rɪ`potrə] *n.*

⑨ 記者會 **press conference** [`kɑnfərəns]

⑩ 獨家新聞 **exclusive** [ɪk`sklusɪv] *n.*

⑪ 氣象預報 **weather forecast** [`for,kæst]

⑫ 即時消息 **breaking news**

⑬ 八卦 **gossip** [`gɑsɪp] *n./v.*

⑭ 消息來源 **source** [sors] *n.*

⑮ 新聞分析 **news analysis** [ə`næləsɪs]

⑯ 國際事件 **international event**

⑰ 議題 **issue** [`ɪʃjʊ] *n.*

⑱ 採訪 **interview** [`ɪntə,vju] *n./v.*

⑲ 同步口譯 (*v.*) **simultaneously interpret** [saɪməl`tenɪəslɪ ɪn`tɜprɪt]

⑳ 同步口譯 (*n.*) **simultaneous interpretation** [saɪməl`tenɪəs ɪn,tɜprɪ`teʃən]

㉑ 同步口譯員 (*n.*) **simultaneous interpreter** [,saɪml`tenɪəs ɪn`tɜprɪtə]

32 | 求職（二）
Job Hunting 2

 Shadowing 單句跟說　▶ **Track 089**

不要等我說完再 repeat，也不要先看英文；眼看中文，腦中想著句子結構。

1. 畢業之後，面臨到的第一件事就是找工作。

> 讀者　shadow me ①　⇨　shadow me ②　⇨　shadow me ③

2. 找工作有幾種管道：上網、看報紙、親友推薦。

> 讀者　shadow me ①　⇨　shadow me ②　⇨　shadow me ③

3. 公司求才，必找有實力、有活力、個性好、品性好的人。

> 讀者　shadow me ①　⇨　shadow me ②　⇨　shadow me ③

> **Notes**
> 有實力的 **competent** [ˋkɑmpətənt] *adj.*　　有活力的 **dynamic** [daɪˋnæmɪk] *adj.*
> 個性好的 **pleasant** [ˋplɛzənt] *adj.*　　品行好的 **well-behaved** [ˋwɛlbɪˋhevd] *adj.*

4. 履歷最好格式俐落，並清楚寫出你之所以會是理想人選的原因。

> 讀者　shadow me ①　⇨　shadow me ②　⇨　shadow me ③

> **Notes**
> 履歷 **resume** [ˏrɛzuˋme] *n.*　　俐落的 **neat** [nit] *adj.*
> 格式 **format** [ˋfɔrmæt] *n.*　　指出 **indicate** [ˋɪndəˏket] *v.*

5. 通常，在自傳中要把自己的長處和將來的抱負寫出來。

自傳 **autobiography** [ˌɔtəbaɪˋɑgrəfɪ] *n.*　　志向；抱負 **aspiration** [ˌæspəˋreʃən] *n.*

6. 空有高學歷而沒有實力，是無用的；老闆要的是「有用的人」。

無意義的 **insignificant** [ˌɪnsɪgˋnɪfəkənt] *adj.*　　貢獻 **contribute** [kənˋtrɪbjut] *v.*

7. 面談時不可遲到，而且從頭到尾要誠實、冷靜、樂觀、有禮貌、擅於表達。

準時的 **punctual** [ˋpʌŋktʃʊəl] *adj.*　　彬彬有禮的 **courteous** [ˋkɝtjəs] *adj.*

8. 面試工作時的裝扮須簡單、乾淨、合宜，絕不可穿著隨便。

9. 面試時，儘量留下最好的第一印象。

10. 不要怕失敗。要想想哪裡做得好或不好，並不斷丟出履歷，終究必會成功。

最後；終於 **eventually** [ɪˋvɛntʃʊəlɪ] *adv.*

① After you finish school, the first thing to do is to look for a job.

② There are several tools you can use to find a job. You can use the Internet and newspapers, or friends and relatives can tell you about positions that are available.

③ Employers are always looking to hire people who are competent, dynamic, pleasant, and well-behaved.

④ An ideal resume should be in a neat format and clearly indicate the reasons you would be a good employee.

⑤ When writing an autobiography, you should talk about what you are good at and what your aspirations for the future are.

⑥ An advanced degree without true competence is insignificant. Employers need people who can contribute.

⑦ Be punctual for interviews. Be honest, calm, pleasant, courteous, and expressive through the whole process.

⑧ For a job interview you should dress well in simple, clean and appropriate clothing. Never wear casual clothes.

⑨ You want to make the best first impression possible at an interview.

⑩ Don't be afraid to fail. If you think about what works and doesn't work for you and continue sending out resumes, you will eventually succeed.

請跟著我說英文，並模仿我的發音和語調，一邊在腦中「想」它的中文意思。

I once worked for the Examination Yuan, giving oral exams[1] to those who were applying for[2] the national tour guide license. There were about 60 people who already passed the written test, which was also the preliminary[3] exam. The ages ranged from 23 to nearly 60 years old, and every single one of them spoke well and fully expressed their ideals. Usually, those who pass speak English well, look comfortable, and speak insightfully[4].

【分解速度】　讀者　shadow me ①　⇨　shadow me ②

Notes

1. **oral exam** 口試
2. **apply for** 申請
3. **preliminary** [prɪ`lɪmə.nɛrɪ] 初步的 *adj.*
4. **insightfully** [`ɪn.saɪtfəlɪ] 有內涵地 *adv.*

請各位盯著中文，耳聽英文，並和我「同步」譯爲英文。

> 有一次，我替考試院國家英語導遊證照做口試的工作。當天大約有 60 位應徵者，他們已通過了筆試，也就是已經過初選。他們年紀最小的大約 23 歲，最大的則將近 60 歲，每一個人都侃侃而談自己的理想。一般而言，英語流暢、神態自若，並且言之有物的人都會過關。

【正常速度】　讀者 shadow me ①　⇒　shadow me ②

◎ 連 漪 擴充字彙庫　關於生活→ 自然災害 Natural Disasters

① 颱風 **typhoon** [taɪˋfun] *n.*

② 颶風；暴風雨 **hurricane** [ˋhɝɪken] *n.*

③ 龍捲風 **tornado** [tɔrˋnedo] *n.*

④ 地震 **earthquake** [ˋɝθ͵kwek] *n.*
 * 地震強度 magnitude [ˋmægnə͵tjud] *n.*
 * 芮氏規模 the Richter scale [ˋrɪktɚ skel]
 例 The magnitude of the earthquake was nine on the Richter scale.

⑤ 海嘯 **tsunami** [tsuˋnɑmi] *n.*

⑥ 水災 **flood**(s) [flʌd] *n.*

⑦ 土石流 **mudslide** [ˋmʌd͵slaɪd] *n.*

⑧ 走山 **landslide** [ˋlænd͵slaɪd] *n.*

⑨ 雪崩 / 山崩 **avalanche** [ˋævl͵æntʃ] *n.*

⑩ 暴風雪 **blizzard** [ˋblɪzəd] *n.*

⑪ 旱災 **drought** [draʊt] *n.*

⑫ 飢荒 **famine** [ˋfæmɪn] *n.*

⑬ 傷亡人數 **casualty** [ˋkæʒjʊəltɪ] *n.*

⑭ 死亡人數 **fatality** [fəˋtælətɪ] *n.*

33 | 結婚
Getting Married

🎤 Shadowing 單句跟說  **Track 092**

不要等我說完再 repeat，也不要先看英文；眼看中文，腦中想著句子結構。

1. 恰當的結婚年齡很難說；心智未成熟的人不宜結婚。

> 讀者 shadow me ① ⇨ shadow me ② ⇨ shadow me ③

> **Notes**
> 心智成熟的 **psychologically mature** [saɪkə`lɑdʒɪklɪ mə`tjʊr] *adj.*

2. 結婚不可衝動，所以要避開在激情中做決定。

> 讀者 shadow me ① ⇨ shadow me ② ⇨ shadow me ③

> **Notes**
> 衝動的 **impulsive** [ɪm`pʌlsɪv] *adj.*　　激情的 **infatuated** [ɪn`fætʃuˌetɪd] *adj.*

3. 婚禮才一天而已，在哪兒結婚及場面大小並不重要。而婚姻是一輩子的承諾，這一生幸不幸福，可重要了。

> 讀者 shadow me ① ⇨ shadow me ② ⇨ shadow me ③

> **Notes**
> 婚禮 **wedding** [`wɛdɪŋ] *n.*　　婚姻 **marriage** [`mærɪdʒ] *n.*
> 承諾 **commitment** [kə`mɪtmənt] *n.*

4. 如果妳／你看中的是對方的真愛，就很可能擁有一個貼心愛妳／你的丈夫／太太。

讀者 shadow me ① ⇨ shadow me ② ⇨ shadow me ③

Notes

嫁；娶；和某人結婚 **marry** [ˋmærɪ] *v.*　　配偶 **spouse** [spaʊz] *n.*

5. 最棒的婚姻是兩人同甘共苦、一起成長，年老的時候，有共同的回憶。

讀者 shadow me ① ⇨ shadow me ② ⇨ shadow me ③

Notes

同甘共苦 **share laughter and tears**

6. 一位好妻子是節儉的、勤快的，並深愛丈夫。

讀者 shadow me ① ⇨ shadow me ② ⇨ shadow me ③

7. 一位不好的妻子是只想自己、虛榮的，在丈夫和他的家人之間挑撥離間。

讀者 shadow me ① ⇨ shadow me ② ⇨ shadow me ③

Notes

虛榮的 **vain** [ven] *adj.*　　挑撥離間；製造不和 **sow discord** [so dɪsˋkɔrd]

8. 他是在一個公園裡，向她下跪求婚的。

讀者 shadow me ① ⇨ shadow me ② ⇨ shadow me ③

Notes

求婚 **propose to** [prəˋpoz] *v.*　　單膝下跪 **get down on one knee**

PART 2

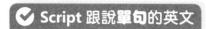

① There isn't a right age to get married. Those who aren't psychologically mature are not ready.

② Never be impulsive about getting married. We should avoid making big decisions while being infatuated.

③ The wedding is only one day in two people's lives. Where it happens and what happens in it isn't important. Marriage is a lifelong commitment. What's important is whether you are happy or not over a lifetime.

④ If you marry someone for true love, you will most likely have a thoughtful and loving spouse.

⑤ The best marriages are made up of two people who share laughter and tears, who grow together, and who share many memories when they get old.

⑥ A good wife is frugal, diligent and deeply in love with her husband.

⑦ An unsuitable wife thinks only of herself, and is vain and sows discord between her husband and his family.

⑧ He proposed to her by getting down on one knee in a park.

請跟著我說英文,並模仿我的發音和語調,一邊在腦中「想」它的中文意思。

There are three things that can ruin any marriage: money, family and affairs[1]. Therefore, the husband and wife should have similar ideas about how best to spend money or they might fight all the time. The husband and wife should also calmly and wisely seek balance between the spouse and his/her own family. As for affairs, they cause permanent[2] damage to a relationship.

【分解速度】 讀者 shadow me ① ⇨ shadow me ②

Notes

1. **affair** [əˋfɛr] 事件(在婚姻中常代表「外遇」) *n.*

2. **permanent** [ˋpɝmənənt] 永久性的 *adj.*

P
A
R
T

2

請各位盯著中文，耳聽英文，並和我「同步」譯為英文。

> 婚姻有三大殺手：金錢、親人、外遇。因此，夫妻對金錢必須有相似的價值觀，否則整天爭吵；夫妻也要在對方和自己的家人之間，秉持冷靜而清晰的頭腦，保持平衡；至於外遇，那是婚姻中永遠的痛，難以抹平。

【正常速度】 讀者 shadow me ① ⇨ shadow me ②

◎ **連 猗 擴充字彙庫** 關於家庭→ 結婚 **Marriage**

① 新婚者 newlywed [`njulɪˌwɛd] *n.*

② 奉子成婚 shotgun wedding [`ʃɑtˌgʌn]

③ 真命天子 Mr. Right

④ 真命天女 Miss Right

34 | 養兒育女
Raising Children

Shadowing 單句跟說   **Track 095**

不要等我說完再 repeat，也不要先看英文；眼看中文，腦中想著句子結構。

1. 以前政府對於生育的口號是「一個不嫌少、兩個恰恰好」。

> 讀者 shadow me ① ⇨ shadow me ② ⇨ shadow me ③

Notes
過去經常 **used to**　　生育 **childbirth** [`tʃaɪld.bɝθ] *n.*　　口號 **slogan** [`slogən] *n.*

2. 現在許多台灣人不愛生孩子，使得台灣的生育率佔全球最低。

> 讀者 shadow me ① ⇨ shadow me ② ⇨ shadow me ③

Notes
生育率 **birth rate**

3. 為了鼓勵年輕人多生孩子，台灣政府提出了各種補助政策。

> 讀者 shadow me ① ⇨ shadow me ② ⇨ shadow me ③

Notes
補助金 **subsidy** [`sʌbsədɪ] *n.*　　補助 **subsidize** [`sʌbsə.daɪz] *v.*

4. 如果經濟能力不足、夫妻感情不穩定、心智未成熟，都不宜貿然生孩子。

> 讀者 shadow me ① ⇨ shadow me ② ⇨ shadow me ③

5. 陳家的孩子樂觀上進、彬彬有禮，家教真好！

讀者 shadow me ① ➩ shadow me ② ➩ shadow me ③

Notes

家教好 **well-educated at home**

6. 孩子都是獨立的個體，父母要尊重他的個性和興趣，不可強求。

讀者 shadow me ① ➩ shadow me ② ➩ shadow me ③

Notes

使符合；使聽話 **conform** [kən`fɔrm] v.

7. 父母對孩子最有利的教育就是「以身作則」，因為身教重於言教。

讀者 shadow me ① ➩ shadow me ② ➩ shadow me ③

8. 你不可能自己抽菸，然後不准孩子抽菸；也不可能自己外遇，然後教兒女不能那麼做。

讀者 shadow me ① ➩ shadow me ② ➩ shadow me ③

Notes

不准 **forbid** [fə`bɪd] v.　　有外遇 **have an affair**

9. 我的父母無論多忙，都會撥出時間和我聊天。

讀者 shadow me ① ➩ shadow me ② ➩ shadow me ③

Notes

撥出時間 **make time**　　聊天 **chat** [tʃæt] v.

10. 雖然我們價值觀不盡相同，但是時常溝通，並尊重彼此的不同點。

讀者 shadow me ① ➩ shadow me ② ➩ shadow me ③

① The government used to have a slogan about childbirth: One is fine, two is perfect.

② Many Taiwanese now do not like to have children, causing Taiwan to have the lowest birth rate in the world.

③ The government of Taiwan offers various subsidies to encourage young people to have children.

④ A couple that doesn't have financial resources, real love for one another, and psychological maturity should not have children.

⑤ Children of the Chen family are optimistic, hard-working, very polite, and well-educated at home!

⑥ Every child is an individual, and parents should respect their personality and interests instead of forcing them to conform.

⑦ A child is prepared well for life if they have a good parent to be a role model. "Actions speak louder than words."

⑧ A parent cannot smoke and forbid their child to smoke or have affairs and forbid them to do so.

⑨ My parents would always make time to chat with me no matter how busy they were.

⑩ We communicate and respect each other's differences, even though we may not have the same values.

請跟著我說英文，並模仿我的發音和語調，一邊在腦中「想」它的中文意思。

Children and parents are forever attached. Starting from pregnancy[1] when morning sickness[2] begins, then through labor pains[3], child birth, breastfeeding[4], kindergarten, homework, exams, friends, growing pains, job hunting, falling in love, leasing a house, buying a house, and having their own children, every single thing at every single stage involves[5] the soul of the parents. Now you tell me, should we or should we not be nice to our parents?

【分解速度】 讀者 shadow me ① ⇨ shadow me ②

Notes

1. **pregnancy** [ˋprɛgnənsɪ] 懷孕 *n.*
2. **morning sickness** 害喜
3. **labor pains** 陣痛
4. **breastfeed** [ˋbrɛst.fid] 餵母乳 *v.*
5. **involve** [ɪnˋvɑlv] 牽涉 *v.*

請各位盯著中文，耳聽英文，並和我「同步」譯爲英文。

> 兒女是父母一輩子的牽掛，從懷孕期間害喜開始、陣痛、生產、餵奶、幼稚園、作功課、考試、交友、成長的痛苦經歷、找工作、戀愛、租房、買房、生孩子，我們每一個階段中的每一件事，都牽扯到父母的靈魂。你說，我們可以不孝順父母嗎？

【正常速度】　讀者 shadow me ① ⇨ shadow me ②

◎ 連 漪 擴充字彙庫　關於生活→ 政治 Politics

① 抗議 **protest** [prə`tɛst] v.

② 抗議 **protest** [`protɛst] n.

③ 賄賂 **bribe** [braɪb] v.

④ 賄賂 **bribery** [`braɪbərɪ] n.

⑤ 罷工 **strike** [straɪk] n./v.

⑥ 節食抗議 (on) **a hunger strike**

⑦ 競選 **run** [rʌn] v.

⑧ 連任 **re-elect** [ˌriə`lɛkt] v.
　例 He is running for re-election.

⑨ 執政黨 **the ruling party**

⑩ 反對黨 **opposition party**

⑪ 清廉的 corruption-**free** [kə`rʌpʃən] adj.

⑫ 貪腐的 **corrupted** [kə`rʌptɪd] adj.

⑬ 行政院 Executive **Yuan** [ɪg`zɛkjutɪv]

⑭ 立法院 Legislative **Yuan** [`lɛdʒɪs`letɪv]

⑮ 司法院 Judicial **Yuan** [dʒu`dɪʃəl]

⑯ 考試院 Examination **Yuan**
　[ɪgˌzæmə`neʃən]

⑰ 監察院 **Control Yuan**

⑱ 內政部 **Ministry of the Interior**

⑲ 外交部 **Ministry of Foreign Affairs**

⑳ 國防部 **Ministry of National Defense**

㉑ 財政部 **Ministry of Finance**

㉒ 教育部 **Ministry of Education**

㉓ 法務部 **Ministry of Justice**

㉔ 經濟部 **Ministry of Economic Affairs**

㉕ 交通部 **Ministry of Transportation and Communications**

㉖ 文化部 **Ministry of Culture**

㉗ 勞動部 **Ministry of Labor**

㉘ 科技部 **Ministry of Science and Technology**

㉙ 衛生福利部 **Ministry of Health and Welfare**

㉚ 行政院長 **Prime Minister**

㉛ 教育部長 **Minister of Education**
　* 將 Ministry 改成 Minister，即是「部長」。

35 | 打工
Moonlighting

 Shadowing 單句跟說　　▶ **Track 098**

不要等我說完再 repeat，也不要先看英文；眼看中文，腦中想著句子結構。

1. 我從高一就開始在 **7-ELEVEN** 打工，一直到現在。

> 讀者　shadow me ①　⇨　shadow me ②　⇨　shadow me ③

2. 如果你為了打工而翹課，就是本末倒置。

> 讀者　shadow me ①　⇨　shadow me ②　⇨　shadow me ③

> **Notes**
> 打工 **moonlight** [`mun͵laɪt] *v.*　　本末倒置 **putting the cart before the horse**

3. 他朝九晚五在貿易公司上班。然後，下班之後衝到學校唸夜間部。

> 讀者　shadow me ①　⇨　shadow me ②　⇨　shadow me ③

> **Notes**
> 貿易公司 **trading company**　　夜間部 **evening classes**

4. 只要不影響課業成績，半工半讀未嘗不可。

> 讀者　shadow me ①　⇨　shadow me ②　⇨　shadow me ③

5. 社會上有許多陷阱，年輕人要注意不要陷了下去；陷阱就以性和老鼠會為最。

> 讀者　shadow me ①　⇨　shadow me ②　⇨　shadow me ③

陷阱 **trap** [træp] *n./v.*　　老鼠會 **pyramid scheme** [`pɪrəmɪd skim] *n.*

6. 所謂「一失足成千古恨」，寧願省吃儉用，也不要賺不義之財。

> 讀者 shadow me ① ⇨ shadow me ② ⇨ shadow me ③

一失足成千古恨 **One false step can bring everlasting grief.**
非法地；不合法地 **illegitimately** [ˌɪlɪ`dʒɪtəmɪtlɪ] *adv.*

7. 販毒、援交、詐欺、賭博都是不義之財。

> 讀者 shadow me ① ⇨ shadow me ② ⇨ shadow me ③

販毒 **drug trafficking** [`træfɪkɪŋ]　　賣淫；妓女 **prostitute** [`prɑstə˛tjut] *v./n.*
不義的 **unrighteous** [ʌn`raɪtʃəs] *adj.*

8. 我從國一開始在補習班教英文，高一就存了足夠的錢替母親買了兩個小公寓。

> 讀者 shadow me ① ⇨ shadow me ② ⇨ shadow me ③

9. 她讀書十分認真，我打算給她一份獎學金，讓她有更多時間讀書。

> 讀者 shadow me ① ⇨ shadow me ② ⇨ shadow me ③

獎學金 **scholarship** [`skɑlə˛ʃɪp] *n.*

10. 這個工作環境不好，音樂太吵，而且每個人都抽菸。

> 讀者 shadow me ① ⇨ shadow me ② ⇨ shadow me ③

① I have worked at 7-ELEVEN since my first year in high school.

② If you miss class because you're moonlighting, you would be putting the cart before the horse.

③ He works at a trading company from 9 to 5, then rushes to school for evening classes.

④ It's not a bad thing to work while you're in school as long as you can do it without having a negative effect on your grades.

⑤ Society is full of traps that young people should avoid falling in. Many involve sex and pyramid schemes.

⑥ It has been said that "One false step can bring everlasting grief." I would rather be frugal than make money illegitimately.

⑦ Drug trafficking, prostitution, fraud, and gambling are all unrighteous ways to make money.

⑧ I started teaching English at a language school in my first year of junior high school and was able to save enough to buy two small apartments for my mom by the first year of senior high.

⑨ She is very dedicated to her education, so I intend to offer her a scholarship that will allow her to have more time to study.

⑩ This isn't an ideal place to work because of the loud music and all the people smoking.

請跟著我說英文，並模仿我的發音和語調，一邊在腦中「想」它的中文意思。

Even though she has wealthy parents, she works at a bakery[1] in her neighborhood. She's responsible for sweeping the floor, washing equipment, decorating bread with raisins or walnuts[2], and even does the baking on occasion[3]. She works from 11 A.M. to 10 P.M. every day and has never complained, even though the work is pretty hard. What a promising[4] child!

【分解速度】 讀者 shadow me ① ⇨ shadow me ②

Notes

1. **bakery** [`bekərɪ] 麵包店 *n.*
2. **walnut** [`wɔlnət] 胡桃；核桃 *n.*
3. **on occasion** [ə`keiʒən] 偶爾
4. **promising** [`pramɪsɪŋ] 有前途的 *adj.*

請各位盯著中文，耳聽英文，並和我「同步」譯爲英文。

> 她雖然出身優渥，但是仍到住家附近的麵包店打工。她負責掃地、洗工具、替麵包灑上葡萄乾或核桃，偶爾也會做些麵包和蛋糕。她每天早上 11 點上班，晚上 10 點下班，雖然辛苦，卻從來沒抱怨過，真是一個有出息的孩子！

【正常速度】　讀者 shadow me ①　⇨　shadow me ②

◎ 連 溚 擴充字彙庫　關於工作→ 商業 Business (1)

① 資本 **capital** [ˋkæpət!] *n.*

② 盈收 **gains** [genz] *n.*

③ 招募 **recruit** [rɪˋkrut] *v.*

④ 執行長 **CEO** (chief executive officer)

⑤ 投資 **invest** [ɪnˋvɛst] *v.*

⑥ 加盟店（自己當老闆）**franchise** [ˋfræn.tʃaɪz] *n.*

⑦ 連鎖店（同一個老闆）**chain store**

⑧ 招牌 **signboard** [ˋsaɪn.bord] *n.*

⑨ 霓虹燈 **neon** [ˋniˌɑn] *n.*

⑩ 營運 **operate** [ˋɑpəˌret] *v.*

⑪ 倒閉／破產 (*v./adj.*) **bankrupt** [ˋbæŋkrʌpt]

⑫ 倒閉／破產 (*n.*) **bankruptcy** [ˋbæŋkrʌptsɪ]

⑬ 資遣 **lay off**
　例 He got laid off.

⑭ 遣散費 **settlement** [ˋsɛt!mənt] *n.*

36 | 生老病死
Birth, Aging, Sickness, and Death

 Shadowing **單句**跟說　　▶ **Track 101**

不要等我說完再 repeat，也不要先看英文；眼看中文，腦中想著句子結構。

1. 在醫院的嬰兒室裡，每一張皺巴巴的小臉蛋都是一個新生命的開始。

> 讀者　shadow me ①　⇨　shadow me ②　⇨　shadow me ③

Notes

嬰兒室 **nursery** [ˋnɜsərɪ] *n.*　　皺的 **wrinkled** [ˋrɪŋk|d] *adj.*

2. 一個新生命的到來，就像春天降臨一樣，帶來了希望、歡笑和活力。

> 讀者　shadow me ①　⇨　shadow me ②　⇨　shadow me ③

3. 健康是快樂的根本。沒有健康的身體和心靈，一切的一切都是枉然。

> 讀者　shadow me ①　⇨　shadow me ②　⇨　shadow me ③

4. 年紀大了，生理機能弱了，免疫力降低了，就容易患病。

> 讀者　shadow me ①　⇨　shadow me ②　⇨　shadow me ③

Notes

老化 **age** [edʒ] *v.*　　易受……影響 **be subject to**　　患病 **contract diseases**
生理機能 **physiological function** [ˌfɪzɪəˋladʒɪk|]
免疫力 **immunological function** [ˌɪmjənəˋladʒɪk|]

5. 常見的老人病有糖尿病、高血壓、腎臟病、老年癡呆症、心臟病等。

Notes
糖尿病 **diabetes** [ˌdaɪəˈbitiz] *n.*　　高血壓 **hypertension** [ˌhaɪpɚˈtɛnʃən] *n.*
老年癡呆症 **Alzheimer** [ˈɑltsˌhaɪmɚ] *n.* 或 **Alzheimer's disease**
心臟病 **heart disease**　　病痛 **ailment** [ˈelmənt] *n.*

6. 許多患關節炎的人常吃止痛藥，最後走上洗腎一途。所以須告知醫師，不吃傷肝、傷腎的藥。

Notes
關節炎 **arthritis** [ɑrˈθraɪtɪs] *n.*　　止痛藥 **painkiller** [ˈpenˌkɪlɚ] *n.*

7. 人說：「久病無孝子。」然而，我們小時候父母如何照顧我們，他們老了我們就該如何照顧他們。

Notes
孝順的 **filial** [ˈfɪljəl] *adj.*

8. 自古以來，每一個人都難免一死，沒有例外。

Notes
自古以來 **throughout the ages**
免不了的 **inescapable** [ˌɪnəˈkepəbl] *adj.*　　免不了 **inescapability** [ˌɪnəskepəˈbɪlətɪ] *n.*
會死的 **mortal** [ˈmɔrtl] *adj.*　　沒有例外 **without exception**

9. 光陰似箭。一眨眼，我那坐在嬰兒推車的女兒，已經 **30** 多歲了。

Notes

一段時間過得快 **Time flies.**

歲月過得很快（可指歲歲、年年、世世代代）**Times flies.**

眨眼 **wink** [wɪŋk] *n./v.*　　嬰兒推車 **baby stroller** [ˋstrolɚ]

✅ **Script 跟說單句的英文**　僅供參考，請勿先看。

① Every little wrinkled face in the nursery represents the start of a new life.

② The arrival of a new life is like the arrival of spring, which brings hope, laughter and energy.

③ Good health is the foundation of happiness. Without a healthy mind and body, everything else is meaningless.

④ As we age, we are subject to contracting diseases due to weakening physiological and immunological functions.

⑤ Diabetes, hypertension, kidney disease, Alzheimer's disease, and heart disease are all ailments commonly found in the elderly.

⑥ Many arthritis patients end up on dialysis after years of taking painkillers. Thus we must tell our doctors that we do not want to take medicine that damages our livers and kidneys.

⑦ It is said that a long illness will test the loyalty of even the most filial children. However, we should take care of our parents when they get old just as they took care of us when we were little.

⑧ Throughout the ages, the inescapability of human mortality has been proven true without exception.

⑨ Times flies as quickly as the wind. In just a wink, my daughter who was sitting in a baby stroller not so long ago is now over 30 years old.

請跟著我說英文，並模仿我的發音和語調，一邊在腦中「想」它的中文意思。

Rich or poor, male or female, we all must go through the cycle[1] of birth, aging, sickness, and death. I used to watch a cartoon which was about a minute long that always made me think. It started with a baby crawling on the playground. Then he would stand up while the face gradually matured and became a little boy and kept running forward. Soon he became a young man, than a middle-aged man, still running, then an old man with white hair. He didn't stop running until he finally lay down and died. What is the moral[2] of this film?

【分解速度】 讀者 shadow me ① ⇨ shadow me ②

Notes

1. **cycle** [`saɪkl] 週期 *n.*
2. **moral** [`mɔrəl] 寓意 *n.*

Shadowing 同步口譯 ▶ Track 103

請各位盯著中文，耳聽英文，並和我「同步」譯為英文。

> 不管是貧或富、男或女，都得經歷生、老、病、死。曾經看過一部卡通，全長不過一分鐘，卻令人警醒。一個小嬰兒在操場上往前爬，然後他站起來，臉部漸漸成熟，成了一個小男孩，他繼續往前跑，很快成了一個年輕人、之後成了中年人，還在跑，很快就成了白髮蒼蒼的老人，但是他還在跑，直到倒下斷氣為止。這個影片給了我們什麼啟示呢？

【正常速度】 讀者 shadow me ① ⇨ shadow me ②

◎ 連 漪 擴充字彙庫 關於專業領域→ 醫療 Medication

① 內科 internal medicine
② 內科醫師 physician [fɪ`zɪʃən] n.
③ 外科 surgery [`sɝdʒərɪ] n.
④ 外科醫師 surgeon [`sɝdʒən] n.
⑤ 耳鼻喉科 ENT (ear, nose, throat)
⑥ 耳鼻喉科醫師 ENT expert [`ɛkspɚt]
⑦ 牙科 dentistry [`dɛntɪstrɪ] n.
⑧ 牙科醫師 dentist [`dɛntɪst] n.
⑨ 美容手術 cosmetic surgery [kaz`mɛtɪk]
⑩ 整形醫師 cosmetic surgeon
⑪ 精神科 psychiatry [saɪ`kaɪətrɪ] n.
⑫ 精神科醫師 psychiatrist [saɪ`kaɪətrɪst] n.
⑬ 心理學家 psychologist [saɪ`kalədʒɪst] n.
⑭ 心理治療師 shrink [ʃrɪŋk] n.
　　（正式名 psychotherapist [ˌsaɪko`θɛrəpɪst]）
⑮ 小兒科 pediatrics [ˌpidɪ`ætrɪks] n.
⑯ 小兒科醫師 pediatrician [ˌpidɪə`trɪʃən] n.
⑰ 掛號 register [`rɛdʒɪstɚ] v.
⑱ 掛號處 registration [ˌrɛdʒɪ`streʃən] n.

⑲ 急診 emergency [ɪ`mɝdʒənsɪ] n.
⑳ 門診 OPD (outpatient department)
㉑ 病房 ward [wɔrd] n.
㉒ 加護病房 ICU (intensive care unit)
㉓ 看護 caregiver [`kɛr.gɪvɚ] n.
㉔ 發炎了 inflamed [ɪn`flemd] adj.
㉕ 發炎 inflammation [ˌɪnflə`meʃən] n.
㉖ 腫起來了 swollen [`swolən] adj.
㉗ 抗生素 antibiotic [ˌæntɪbaɪ`atɪk] n.
㉘ 處方 prescription [prɪ`skrɪpʃən] n.
㉙ 成藥 patent medicine [`pætn̩t]
㉚ 凡士林 Vaseline [`væslɪn] n.
㉛ 輸血 blood transfusion [.træns`fjuʒən] n.
㉜ 點滴 IV (intravenous) 例 I'm on IV.
㉝ 心電圖 EKG （electrocardiogram，縮寫是 EKG，因為原字並非英文）
㉞ 治療法 therapy [`θɛrəpɪ] n.
㉟ 化療 chemotherapy [.kɛmo`θɛrəpɪ] n.
㊱ 物理治療 physical therapy

37 | 運動（二）
Exercise 2

 Shadowing 單句跟說 ▶ **Track 104**

不要等我說完再 repeat，也不要先看英文；眼看中文，腦中想著句子結構。

1. 運動使我們的肌肉和血管有彈性，並促進心肺功能。

> 讀者 shadow me ① ⇨ shadow me ② ⇨ shadow me ③

Notes

血管 **blood vessel** [ˋvɛsl]　　提升 **enhance** [ɪnˋhæns] *v.*
心肺的 **cardiopulmonary** [ˌkardɪoˋpʌlmənɛrɪ] *adj.*

2. 常常深呼吸，並習慣腹式呼吸，會大幅增加身體的含氧量。

> 讀者 shadow me ① ⇨ shadow me ② ⇨ shadow me ③

Notes

腹部的 **abdominal** [æbˋdamən!] *adj.*　　大幅增加 **boost** [bust] *v.*
攝取 **intake** [ˋɪntek] *n.*　　氧氣 **oxygen** [ˋaksədʒən] *n.*

3. 中老年人應該避免激烈的運動，例如打籃球、踢足球。

> 讀者 shadow me ① ⇨ shadow me ② ⇨ shadow me ③

Notes

激烈的 **strenuous** [ˋstrɛnjuəs] *adj.*
美式：足球 **soccer** [ˋsakə] *n.*　　橄欖球 **football** [ˋfʊtbɔl] *n.*
英式：足球 **football** [fʊtbɔl] *n.*　　橄欖球 **rugby** [ˋrʌgbɪ] *n.*

4. 比較輕鬆的運動是游泳、跳舞、瑜珈。

> 讀者 shadow me ① ⇨ shadow me ② ⇨ shadow me ③

5. 瑜珈的功能在於調節呼吸和把筋拉開。

> 讀者 shadow me ① ⇨ shadow me ② ⇨ shadow me ③

Notes

調節 **adjust** [əˋdʒʌst] *v.*　　伸展 **stretch** [strɛtʃ] *v./n.*

6. 由於地心引力的因素，許多運動造成腰部和膝蓋承受過大的壓力。

> 讀者 shadow me ① ⇨ shadow me ② ⇨ shadow me ③

Notes

地心引力 **gravity** [ˋgrævətɪ] *n.*

7. 他一、三、五跳有氧，二、四、六跑跑步機。

> 讀者 shadow me ① ⇨ shadow me ② ⇨ shadow me ③

Notes

跑步機 **treadmill** [ˋtrɛd.mɪl] *n.*

8. 她禮拜一、二、六跳繩和打羽毛球，三、四、五練舉重。

> 讀者 shadow me ① ⇨ shadow me ② ⇨ shadow me ③

Notes

跳繩 **skip rope**　　舉重 **weightlifting** [ˋwetlɪftɪŋ] *n.*

① Exercise makes our muscles and blood vessels flexible and enhances cardiopulmonary function.

② Frequently taking deep breaths and getting used to abdominal breathing will help you boost oxygen intake in your body.

③ Middle-aged or older people should avoid strenuous exercises such as basketball or soccer.

④ Some less strenuous exercises include swimming, dancing, and yoga.

⑤ The function of yoga is to adjust breathing and stretch tendons.

⑥ Gravity makes many exercises put too much pressure on the waist and knees.

⑦ He does aerobics on Monday, Wednesday and Friday and runs on a treadmill on Tuesday, Thursday and Saturday.

⑧ She skips rope and plays badminton every Monday, Tuesday and Saturday and does weightlifting every Wednesday, Thursday and Friday.

請跟著我說英文，並模仿我的發音和語調，一邊在腦中「想」它的中文意思。

Some people are naturally fond of[1] exercising, so they often go hiking, dancing, or jogging. Some people are naturally more static, so they prefer to sit in front of a computer, play video games, read, or watch TV. One works the body, and one works the mind. Of course the former is more healthful. My father is static, my mother is the opposite. Unfortunately, my whole family resembles[2] my father and does not like to move. As a result, we all have love handles[3].

【分解速度】　讀者 shadow me ①　⇨　shadow me ②

Notes

1. **be fond of** 喜歡
2. **resemble** [rɪˋzɛmbl] 像 v.
3. **love handles** 腰間的一團肥肉

P
A
R
T

2

請各位盯著中文，耳聽英文，並和我「同步」譯為英文。

> 有些人天生就愛運動，他們時常爬山、跳舞、慢跑；有些人天生就比較靜，他們喜歡打電腦、打電動、看書、看電視。一個勞力，一個勞心，當然前者比較健康。我爸不愛運動，我媽則相反。很可惜，我們全家人都像我爸，都不愛動。結果，每個人的腰間都是一圈肥肉。

【正常速度】　讀者　shadow me ①　⇒　shadow me ②

◎ **連 涮 擴充字彙庫**　　關於裝扮 → 配件 Accessories

① 耳環 **earring**(s) [`ɪr.rɪŋ] n.
② 環狀耳環 **hoop earring**(s)
③ 夾式耳環 **clip-on earring**(s)
　* 穿耳洞 **pierce** [pɪrs] v.
　例 I had my ears pierced.
④ 項鍊 **necklace** [`nɛklɪs] n.
⑤ 串珠 **bead**(s) [bid] n.
⑥ 墜子 **pendant** [`pɛndənt] n.
⑦ 可開式相片墜子 **locket** [`lakɪt] n.
⑧ 手鍊 **bracelet** [`breslɪt] n.
⑨ 附有許多小墜飾的手鍊
　charm bracelet
⑩ 手鐲 **bangle** [`bæŋgl] n.
⑪ 胸針 **pin** [pɪn] n.
⑫ 戒指 **ring** [rɪŋ] n.

⑬ 舌環 **tongue ring** [tʌŋ]
⑭ 肚臍環 **navel ring** [`nevl]
⑮ 皮帶釦 **belt buckle**(s) [`bʌkl]
⑯ 踝飾 **anklet** [`æŋklɪt] n.
⑰ 心型的飾品 **heart** [hart] n.
⑱ 葉狀的飾品 **leaf** [lif] n.
⑲ 翅膀造型的飾品 **wing** [wɪŋ] n.
⑳ 淚滴型飾品 **teardrop** [`tɪr.drap] n.
㉑ 圍巾 **scarf** [skarf] n.
㉒ 手套 **glove**(s) [glʌv] n.
㉓ 雙指手套 **mitten**(s) [`mɪtṇ] n.
㉔ 太陽眼鏡 **sun glasses**
㉕ 女用皮包 **purse** [pɜs] n.
㉖ 皮夾 **wallet** [`walɪt] n.
㉗ 手提公事包 **briefcase** [`brif.kes] n.

38 | 阿拉斯加之旅
A Trip to Alaska

 Shadowing 單句跟說　▶ **Track 107**

不要等我說完再 repeat，也不要先看英文；眼看中文，腦中想著句子結構。

1. 在我所有的旅遊當中，阿拉斯加之旅是最難忘的一次。

> 讀者 shadow me ① ⇨ shadow me ② ⇨ shadow me ③

Notes

阿拉斯加 **Alaska** [əˋlæskə] *n.*　　難忘的 **unforgettable** [ˌʌnfəˋgɛtəbl] *adj.*

2. 因為阿拉斯加近北極，所以夏天的白日很長。

> 讀者 shadow me ① ⇨ shadow me ② ⇨ shadow me ③

Notes

北極 **the North Pole**　　地理位置 **geographical location**

3. 半夜 12 點才天黑，早上 4 點就天亮了，真是很奇特的經驗。

> 讀者 shadow me ① ⇨ shadow me ② ⇨ shadow me ③

4. 我們租了一輛車，從首都安克拉治開往北極鎮。

> 讀者 shadow me ① ⇨ shadow me ② ⇨ shadow me ③

Notes

安克拉治 **Anchorage** [ˋæŋkrɪdʒ] *n.*
向人租 **lease** [lis] *v./n.*　　租給人 **rent** [rɛnt] *v./n.*

5. 在途中，就在馬路邊，我們看到了冰山，也看到了冰河。

讀者 shadow me ① ⇨ shadow me ② ⇨ shadow me ③

Notes

冰山 **iceberg** [ˋaɪsˏbɝg] *n.*　　　冰河 **glacier** [ˋgleʃɚ] *n.*

6. 我們期望看到北極光，可惜在一個星期當中，從未見到！

讀者 shadow me ① ⇨ shadow me ② ⇨ shadow me ③

Notes

北極光 **the northern lights** 或 **aurora borealis** [ɔˏrɔrə bɔrɪˋelɪs] *n.*

7. 阿拉斯加的人冬季較少工作，夏季則一人兼兩、三份工，通常在旅館打工。

讀者 shadow me ① ⇨ shadow me ② ⇨ shadow me ③

8. 去阿拉斯加也可搭乘遊輪，聽說船上的食物好得不得了。

讀者 shadow me ① ⇨ shadow me ② ⇨ shadow me ③

Notes

遊輪 **cruise ship** [kruz]

① Of all my travels, the trip to Alaska was the most unforgettable.

② Daytime is long during the summer in Alaska due to its geographical location near the North Pole.

③ It doesn't get dark until midnight and dawn comes at 4:00 A.M. It was a unique experience.

④ We leased a car and drove from Anchorage, the capital of Alaska, to North Pole.

⑤ During the trip, we saw icebergs and glaciers right by the roadside.

⑥ We expected to see the northern lights. Unfortunately, we were unlucky the whole week.

⑦ Alaskans do not really work in the winter. Instead, they work two or three jobs in the summer, usually in hotels.

⑧ You can also go to Alaska by cruise ship. I've been told the food is excellent.

請跟著我說英文，並模仿我的發音和語調，一邊在腦中「想」它的中文意思。

I love to travel with my family. When we were young, we often took our daughter skiing in Nevada, vacationing in Yosemite[1] California, swimming at the beach in Hawaii, and studying architecture in Europe. Now that we are old, we prefer to vacation in one place for an extended period instead of constantly being on the move. We usually find a nice hotel in a scenic[2] place and stay for a month or two, tasting the local food, enjoying the views, taking walks, or simply chatting.

【分解速度】 讀者 shadow me ① ⇨ shadow me ②

Notes

1. **Yosemite** [jo`sɛmətɪ] 優勝美地（地名）*n.*
2. **scenic** [`sinɪk] 有景觀的 *adj.*

請各位盯著中文，耳聽英文，並和我「同步」譯爲英文。

> 我喜歡全家一起旅行。我們年輕的時候，常帶著女兒去内華達州滑雪、去加州的「優勝美地」度假、去夏威夷海灘游泳、去歐洲看建築。現在年紀大了，我們喜歡重點旅遊，不再跑來跑去了。我們通常是到某一個風光明媚之地，找一個好旅館，住一兩個月。吃吃當地美食、看看風景、散步、找人聊天。

【正常速度】　讀者 shadow me ①　⇨　shadow me ②

◎ 連漪-擴充字彙庫　關於工作→ 商業 Business (2)

① 壟斷 monopolize [mə`napl͵aɪz] v.

② 壟斷 monopoly [mə`naplɪ] n.

③ 合併 / 併購 merge [mɜdʒ] n./v.

④ 惡性競爭 blind competition

⑤ 削價競爭 price war

⑥ 促銷 promote [prə`mot] v.

⑦ 促銷 promotion [prə`moʃən] n.

⑧ 回收 recall [rɪ`kɔl] v./n.

⑨ 品牌形象 brand image

⑩ 代言 endorse [ɪn`dɔrs] v.

⑪ 電視廣告 TV commercial [kə`mɜʃəl]

⑫ 平面廣告 advertisement [͵ædvə`taɪzmənt] n.

⑬ 物價上漲（通貨膨脹） inflation [ɪn`fleʃən] n.

⑭ 經濟衰退 recession [rɪ`sɛʃən] n.

⑮ 經濟復甦 economic recovery

⑯ 失業率 unemployment rate [͵ʌnɪm`plɔɪmənt]

⑰ 商業間諜 commercial spy

⑱ 投機者 speculator [`spɛkjə͵letə] n.

⑲ 投資者 investor [ɪn`vɛstə] n.

⑳ 股東 shareholder [`ʃɛr͵holdə] n.

㉑ 股票 stock share(s)

㉒ 期貨 futures [`fjutʃəs] n.

PART 2

39 | 烹飪
Culinary Art

  **Track 110**

不要等我說完再 repeat，也不要先看英文；眼看中文，腦中想著句子結構。

1. 她從小就喜歡待在廚房裡幫父母做菜。今天，她已是一家五星級餐廳的主廚。

> 讀者 shadow me ① ⇒ shadow me ② ⇒ shadow me ③

2. 我們常做義大利麵。其實義大利麵要做好，醬很重要。

> 讀者 shadow me ① ⇒ shadow me ② ⇒ shadow me ③

3. 義大利麵有好多種不同的醬料：紅醬、青醬、白醬，各有獨特的風味。

> 讀者 shadow me ① ⇒ shadow me ② ⇒ shadow me ③

> **Notes**
> （紅醬）蕃茄醬 **ketchup** [`kɛtʃəp] *n.*
> （青醬）羅勒／九層塔 **basil** [`bæzɪl] *n.*　※ 習慣常唸 [`bezl]

4. 這牛肉要煎？還是要燜？還是要燒烤？

> 讀者 shadow me ① ⇒ shadow me ② ⇒ shadow me ③

> **Notes**
> 煎 **fry** [fraɪ] *v.*　　燜；燉 **stew** [stju] *n./v.*　　燒烤 **roast** [rost] *v.*

5. 先把它用麻油和醬油醃 **2** 小時，然後再用烤箱烤 **10** 分鐘。

讀者 shadow me ① ⇨ shadow me ② ⇨ shadow me ③

Notes

麻油 **sesame oil** [ˋsɛsəmɪ]　　醬油 **soybean** sauce [ˋsɔɪbin]
醃 **marinate** [ˋmærəˌnet] *v.*

6. 請幫我買大蒜、蔥、九層塔、太白粉。

讀者 shadow me ① ⇨ shadow me ② ⇨ shadow me ③

7. 請幫我買不甜的咖哩，我要做烤茄子和咖哩羊肉。

讀者 shadow me ① ⇨ shadow me ② ⇨ shadow me ③

Notes

無糖的；不甜的 **unsweetened** [ʌnˋswitənd] *adj.*　　咖哩 **curry** [ˋkɝɪ] *v./n.*

8. 這條魚在冰庫冰一個禮拜了，有點腥。

讀者 shadow me ① ⇨ shadow me ② ⇨ shadow me ③

Notes

冰庫（冷凍庫）**freezer** [ˋfrizɚ] *n.*

9. 我喜歡糯米，因為 **QQ** 的、黏黏的！

讀者 shadow me ① ⇨ shadow me ② ⇨ shadow me ③

Notes

糯米 **glutinous rice** [ˋglutɪnəs]　　QQ 的 **chewy** [ˋtʃuɪ] *adj.*
黏黏的 **sticky** [ˋstɪkɪ] *adj.*

① Since she was small, she has always been interested in staying in the kitchen and helping her parents prepare food. Now she is a chef at a five-star restaurant.

② We often make spaghetti. The sauce is a very important part of making delicious spaghetti.

③ There are lots of sauces that can go with spaghetti, including ketchup, basil, and cream. Each has its own unique taste.

④ Would you like this beef fried, stewed, or roasted?

⑤ Please marinate it in sesame oil and soybean sauce for two hours, and then put it in the oven for 10 minutes.

⑥ Please buy garlic, scallions, basil, and cornstarch for me.

⑦ Would you buy some unsweetened curry for me? I'm going to do roasted eggplants and curried mutton.

⑧ This fish has been in the freezer for one week. It smells gamey.

⑨ I like glutinous rice because it's chewy and sticky.

請跟著我說英文，並模仿我的發音和語調，一邊在腦中「想」它的中文意思。

Thais like to eat sour and spicy food. Hong Kongese like to have dim sum[1]. The Japanese often eat sushi and sashimi. Taiwanese like to eat Taiwanese snacks[2] and seafood. Southern mainland Chinese like to eat food in dishes. Northern mainland Chinese like to eat noodles. Westerners often eat steak and bread. Indians often eat all kinds of curried food. Any kind of food can be delicious as long as it's cooked well.

【分解速度】　讀者 shadow me ① ⇨ shadow me ②

Notes

1. **dim sum** 港式飲茶點心（廣東話譯音）
2. **snack** [snæk] 正餐以外的點心；小吃 *n.*

P
A
R
T

2

請各位盯著中文，耳聽英文，並和我「同步」譯爲英文。

> 泰國人常吃酸酸辣辣的食物，香港人常去茶樓飲茶，日本人常吃壽司和生魚片，台灣人常吃台灣小吃和海鮮，大陸南方人常吃一盤盤的炒菜，北方人常吃麵食，西方人常吃牛排和麵包，印度人則常吃各式各樣的咖哩菜。無論什麼菜，只要烹調得好，都會令人食指大動！

【正常速度】　讀者 shadow me ①　⇨　shadow me ②

◎ 連 漪 擴充字彙庫　關於飲食→ 食物 Food (3)

① 酸的 **sour** [`saʊr] *adj.*

② 甜的 **sweet** [swit] *adj.*

③ 苦的 **bitter** [`bɪtə] *adj.*

④ 辣的 **hot** [hɑt] 或 **spicy** [`spaɪsɪ] *adj.*

⑤ 鹹的 **savory** [`sevərɪ] *adj.*

⑥ 煎的 **fried** [fraɪd] *adj.*

⑦ 炸的 **deep-fried** [`dip`fraɪd] *adj.*

⑧ 炸 **deep-fry** [`dip`fraɪ] *v.*

⑨ 蒸 **steam** [stim] *v.*

⑩ 烤（雞）**roast** [rost] *v.*

⑪ 烤（麵包）**bake** [bek] *v.*

⑫ 烤（吐司）**toast** [tost] *v./n.*

⑬ 水煮 **boil** [bɔɪl] *v.*

⑭ 嫩煎 **sauté** [so`te] *v.*

⑮ 炒（菜）**stir-fry** [`stɜ.fraɪ] *v.*

⑯ 炒（蛋）**scramble** [`skræmbḷ] *v.*

⑰ 鍋貼 **pot sticker** [pɑt`stɪkə] *n.*

⑱ 麵條 **noodles** [`nudḷz] *n.*

⑲ 酸辣湯 **hot and sour soup**

⑳ 米粉 **rice noodles**

㉑ 羊肉 **mutton** [`mʌtn̩] *n.*

㉒ 小羊肉 **lamb** [læm] *n.*

㉓ 豬肉絲 **shredded pork** [ʃrɛdɪd]

㉔ 豬腳 **pig knuckle** [`nʌkḷ]

㉕ 瘦的（肉）**lean** [lin] *adj.*
　　例 lean pork

㉖ 牛肉片 **sliced beef**

㉗ 碎牛肉 **ground beef**
　　* 磨碎 grind—ground—ground
　　　[graɪnd] [graʊnd] [graʊnd]

㉘ 筋 **tendon** [`tɛndən] *n.*

㉙ 薑 **ginger** [`dʒɪndʒə] *n.*

㉚ 蒜 **garlic** [`garlɪk] *n.*

㉛ 蔥 **scallion** [`skæljən] *n.*

㉜ 太白粉 **cornstarch** [`kɔrn.startʃ] *n.*

㉝ 宵夜 **midnight snack**

40 | 不好的行為
Improper Behavior

 Shadowing 單句跟說　▶ **Track 113**

不要等我說完再 repeat，也不要先看英文；眼看中文，腦中想著句子結構。

1. 那個人在餐廳吃飯時聊天很大聲，令大家很不舒服。

> 讀者 shadow me ① ⇨ shadow me ② ⇨ shadow me ③

2. 感冒的時候，一定要戴口罩，才不會傳染給別人。

> 讀者 shadow me ① ⇨ shadow me ② ⇨ shadow me ③

3. 咳嗽或打噴嚏時，要把頭轉過去，並搗住嘴巴。要注意衛生！

> 讀者 shadow me ① ⇨ shadow me ② ⇨ shadow me ③

Notes
咳嗽 **cough** [kɔf] *v.* 　　打噴嚏 **sneeze** [sniz] *v.*
衛生的 **hygienic** [ˌhaɪdʒɪˈɛnɪk] *adj.*

4. 別人說話的時候，要認真傾聽，並適時發問，才尊重人。

> 讀者 shadow me ① ⇨ shadow me ② ⇨ shadow me ③

Notes
專心地 **attentively** [əˈtɛntɪvlɪ] *adv.*

5. 喝湯、喝水、吃麵的時候，不要發出聲音，以免擾人。

> 讀者 shadow me ① ⇨ shadow me ② ⇨ shadow me ③

Notes

啜食；出聲地飲食 **slurp** [slɜp] *v./n.*

6. 和人見面談事或前往重要場合時，要穿著整齊以示尊重。

> 讀者 shadow me ① ⇨ shadow me ② ⇨ shadow me ③

7. 如果有口臭，一定要注意漱洗乾淨。

> 讀者 shadow me ① ⇨ shadow me ② ⇨ shadow me ③

Notes

口臭 **bad breath**

8. 人必自重而後人重之。

> 讀者 shadow me ① ⇨ shadow me ② ⇨ shadow me ③

① That guy talks too loud in restaurants and makes everyone uncomfortable.

② Be sure to wear a mask when you have a cold so that you don't give it to others.

③ Please turn around and cover your mouth when you cough or sneeze. Be hygienic.

④ Listen attentively while talking to people, and ask questions at the right time to show your respect for them.

⑤ Do not slurp when you drink soup, water, or eat noodles if you wish to avoid annoying others.

⑥ To show the proper respect, be sure to dress appropriately when you have an appointment or attend an event.

⑦ Make sure you always wash your mouth clean when you have bad breath.

⑧ You have to respect yourself before others can respect you.

請跟著我說英文，並模仿我的發音和語調，一邊在腦中「想」它的中文意思。

Tipping is a wonderful thing. I live very simply and frugally, but I am never stingy with tips. Why? First, appropriate expression of gratitude is necessary. Second, most of those in the service industry[1] are young people who are not very rich, and a small sum of money can cheer them up[2] for a while. Third, I have seen many who are generous with tips and still become rich, but I have never seen anyone become rich because they were stingy with tips.

【分解速度】　讀者 shadow me ①　⇨　shadow me ②

Notes
1. **service industry** [`ɪndəstrɪ] 服務業
2. **cheer sb. up** 使某人高興起來

請各位盯著中文，耳聽英文，並和我「同步」譯爲英文。

給小費是一件美好的事情。我是一個生活簡樸的人，但是我從不吝嗇給小費。為什麼呢？第一，適切地表達感謝之意是應該的；第二，一般做勞力服務的人，都是身上沒什麼錢的年輕人，稍許的金錢或可讓他們高興一陣子；第三，我只見過不吝於給小費的人成為富人，沒見過因為吝於給小費而變得富裕的人。

【正常速度】 讀者 shadow me ① ⇨ shadow me ②

◎ **連 漪 擴充字彙庫** 關於休閒→ 藝術 Art

① 抽象派 abstractionism
  [æb`strækʃənɪzəm] *n.*

② 印象派 impressionism
  [ɪm`prɛʃənˌɪzəm] *n.*

③ 裝置藝術 installation art [ˌɪnstə`leʃən]

④ 當代藝術 contemporary art
  [kən`tɛmpəˌrɛrɪ]

⑤ 拼貼 collage [kə`lɑʒ] *n./v.*

⑥ 塗鴉 graffiti [grə`fitɪ] *n.*

⑦ 油畫 oil painting

⑧ 素描 sketch [skɛtʃ] *v./n.*

⑨ 版畫 engraving [ɪn`grevɪŋ] *n.*

⑩ 山水畫 landscape [`lænd.skep] *n.*

⑪ 手工藝 handcraft [`hænd.kræft] *n.*

⑫ 剪紙 paper cutting

⑬ 黏土 clay [kle] *n.*

⑭ 瓷器 porcelain [`pɔrslɪn] 或
  china [`tʃaɪnə] *n.*

⑮ 編織 knit [nɪt] *v.*

⑯ 縫 sew [so] *v.*

⑰ 雕刻品 sculpture [`skʌlptʃə] *n.*
  * 雕刻家 sculptor [`skʌlptə] *n.*

⑱ 大理石 marble [`marbl] *n.*

⑲ 花崗石 granite [`grænɪt] *n.*

⑳ 書法 calligraphy [kə`lɪgrəfɪ] *n.*
  * 書法家 calligrapher [kə`lɪgrəfə] *n.*

國家圖書館出版品預行編目資料

TOP 企業要的跟讀‧跟說口語力 / 郭岱宗作. -- 初版.
-- 臺北市：貝塔, 2014.09
面；公分
ISBN 978-957-729-971-0（平裝附光碟片）
1. 英語　2. 口譯　3. 學習方法

805.1　　　　　　　　　　　　　　　103015577

TOP 企業要的跟讀‧跟說口語力

作　　者 / 郭岱宗
執行編輯 / 游玉旻

出　　版 / 貝塔出版有限公司
地　　址 / 台北市 100 館前路 12 號 11 樓
電　　話 / (02) 2314-2525
傳　　真 / (02) 2312-3535
客服專線 / (02) 2314-3535
客服信箱 / btservice@betamedia.com.tw
郵撥帳號 / 19493777
帳戶名稱 / 貝塔出版有限公司

總 經 銷 / 時報文化出版企業股份有限公司
地　　址 / 桃園縣龜山鄉萬壽路二段 351 號
電　　話 / (02) 2306-6842

出版日期 / 2014 年 9 月初版一刷
定　　價 / 300 元
Ｉ Ｓ Ｂ Ｎ / 978-957-729-971-0

TOP 企業要的跟讀‧跟說口語力
Copyright 2014 by 郭岱宗
Published by Betamedia Publishing

貝塔網址：www.betamedia.com.tw

喚醒你的英文語感 ！

折後釘好，直接寄回即可！

廣　告　回　信
北區郵政管理局登記證
北 台 字 第 1 4 2 5 6 號
免　貼　郵　票

100 台北市中正區館前路12號11樓

 貝塔語言出版 收
Beta Multimedia Publishing

寄件者住址 □ □ □

謝謝您購買本書！！

貝塔語言擁有最優良之英文學習書籍，為提供您最佳的英語學習資訊，您可填妥此表後寄回（免貼郵票）將可不定期收到本公司最新發行書訊及活動訊息！

姓名：＿＿＿＿＿＿＿＿＿＿＿　性別：□男 □女　生日：＿＿＿年＿＿月＿＿日

電話：(公)＿＿＿＿＿＿＿＿＿＿(宅)＿＿＿＿＿＿＿＿＿(手機)＿＿＿＿＿＿＿＿＿

電子信箱：＿＿＿＿＿＿＿＿＿＿＿＿＿＿＿＿＿＿＿＿＿＿＿＿＿

學歷：□高中職含以下　□專科　□大學　□研究所含以上

職業：□金融　□服務　□傳播　□製造　□資訊　□軍公教　□出版

　　　□自由　□教育　□學生　□其他

職級：□企業負責人　□高階主管　□中階主管　□職員　□專業人士

1.您購買的書籍是？＿＿＿＿＿＿＿＿＿＿＿＿＿＿＿＿＿＿＿＿＿

2.您從何處得知本產品？(可複選)

　　　□書店 □網路 □書展 □校園活動 □廣告信函 □他人推薦 □新聞報導 □其他

3.您覺得本產品價格：

　　　□偏高 □合理 □偏低

4.請問目前您每週花了多少時間學英語？

　　　□ 不到十分鐘 □ 十分鐘以上，但不到半小時 □ 半小時以上，但不到一小時

　　　□ 一小時以上，但不到兩小時 □ 兩個小時以上 □ 不一定

5.通常在選擇語言學習書時，哪些因素是您會考慮的？

　　　□ 封面 □ 內容、實用性 □ 品牌 □ 媒體、朋友推薦 □ 價格□ 其他＿＿＿＿＿

6.市面上您最需要的語言書種類為？

　　　□ 聽力 □ 閱讀 □ 文法 □ 口説 □ 寫作 □ 其他＿＿＿＿＿＿

7.通常您會透過何種方式選購語言學習書籍？

　　　□ 書店門市 □ 網路書店 □ 郵購 □ 直接找出版社 □ 學校或公司團購

　　　□ 其他＿＿＿＿＿＿＿

8.給我們的建議：＿＿＿＿＿＿＿＿＿＿＿＿＿＿＿＿＿＿＿＿＿＿＿

＿＿＿＿＿＿＿＿＿＿＿＿＿＿＿＿＿＿＿＿＿＿＿＿＿＿＿＿＿＿＿

喚醒你的英文語感！

Get a Feel for English !